AF191762

Über die Autoren:

B.L. Goldmann ist das Pseudonym der Autorinnen Brigitte und Laura Schwendemann. Mit der Familie leben sie in der Nähe von Pforzheim. Und ja, am liebsten hören sie Musik und tanzen dabei gut gelaunt durch ihre Wohnung. Nicht zuletzt weil ihnen dabei die besten Ideen zum Schreiben in den Kopf kommen.

Mit doppelter Erfahrung, Spaß und Leidenschaft, entstehen dann die wunderbaren Geschichten über *„Die Germany Girls"*. Eine ganz besondere Erfolgsstory die alle glücklich macht.

2. Auflage 09/2023
Copyright© 2022 B.L. Goldmann
Covergestaltung: Medienagentur Kathleen Müller
Foto Umschlag: iStock
Bildnachweis: mirjanajovic
Lektorat und Korrektur: Ursula Ziegler, Jennifer Bendlin

Kontakt: brittgoldmann@web.de
Facebook: B.L. Goldmann & Instagram: @b.l.goldmann
Herstellung und Verlag: BoD – Books on Demand, Norderstedt
ISBN 978-3-756-856701

Alle Personen und Ereignisse in diesem Roman sind frei erfunden.
Bis auf die Personen und Ereignisse, die nicht erfunden sind.

B.L. GOLDMANN

Die
Germany Girls

Musik im Blut

Musik im Blut!
Das ist eine Perfektion.
Musik im Blut!
Das ist eine Aufforderung.
Musik im Blut!
Da kann man gar nicht anders.

Die Germany Girls

Es war der einunddreißigste Juli, als ihr neues Leben begann, und Soraya, Illie, Scarlett und Ina zum ersten Mal die Bühne betraten. Ja, und es war von Sekunde eins an, **wirklich krass! Ja, krass**! Eigentlich ist es ja kaum zu glauben, denn von diesem Tag an änderte sich schlagartig alles und es passierte geradezu Unglaubliches!

Was sich seit ihrem allerersten Auftritt in kürzester Zeit alles getan und verändert hatte, war nicht nur traumhaft, sondern im wahrsten Sinne des Wortes tatsächlich märchenhaft! Und weil diese Geschichte so bombastisch ist, wird man über kurz oder lang überall die Songs der *Germany Girls* hören, und deshalb gehörig von ihnen schwärmen.

Und ja! Weil es alle Ehre wert ist, muss unbedingt die einzigartige Geschichte der MEGA-COOLSTEN Girlband Die *Germany Girls* erzählt werden. Natürlich alles schön der Reihe nach. Auch wenn die Erfolgsgeschichte erst am Anfang steht, so wird sie noch lange andauern. Also los! Auf in eine neue großartige Zukunft ...

Begonnen hatte alles an einem bedeutsamen Donnerstagnachmittag, genauer gesagt damals am 9. Januar 2020 ...

Die vier überaus talentierten, damals fünfzehnjährigen Freundinnen, Soraya, Illie, Scarlett und Ina, gründeten ihre Girlband die *Germany Girls*. Der einprägende Bandname, erschien Soraya in einem Traum, bereits zwei Jahre vor der Bandgründung. Mit ihrer Begeisterung für die Musik und tatkräftiger Unterstützung sämtlicher Familienmitglieder, ging es seitdem enorm voran. Die *Germany Girls* sind vier unglaublich individuelle Persönlichkeiten, was ihre Art zu spielen und zu singen und ihre Ausstrahlung betrifft. Aber nicht allein das macht sie so großartig.

Die ersten Möglichkeiten vor Publikum aufzutreten wurden dann leider immer wieder kurzfristig abgesagt. Der Grund dafür kam plötzlich und unerwartet. Auf der ganzen Welt wurden die Menschen von einer Pandemie monatelang ausgebremst. Nirgendwo konnte man mehr richtig ausgehen. Die Enttäuschung über den Lockdown war zunächst groß und frustrierend. Dennoch nahm der Ehrgeiz der Mädchen immer mehr zu. Die Mädchen nutzten pausenlos ihre freie Zeit, um Songs zu schreiben und sich zu entwickeln, eben ihren ganz eigenen Stil zu finden. Sie wurden sehr schnell sehr viel besser. Nahezu täglich übten sie mit viel Spaß und Freude, um konsequent ihr Ziel zu erreichen: Das Ziel die große Bühne.

Dafür hatten die *Germany Girls* von Beginn an ihren eigenen Proberaum: Das Nebenzimmer im Clubheim „der Gartenfreunde". Diesen großzügigen Raum hatte ihnen Lillie, die Clubheim-Betreiberin und Sorayas angehauchte Hippie-Omi, die ebenso großer Musikfan ist, gleich bei der Gründung unentgeltlich und zur täglichen Benutzung zur Verfügung gestellt. Hier probten sie von Stunde eins an, leidenschaftlich und zielstrebig. Ja wirklich, jede freie Minute! Und Dank dem „Verein der Gartenfreunde" bekamen die *Germany Girls* achtzehn

Monate nach der Bandgründung, im Juli 2021, die fantastische Gelegenheit, auf deren Sommerfest in Schönenberg, einer ländlichen Gemeinde im Nordschwarzwald, aufzutreten.

Man kann tatsächlich sagen, Schönenberg ist in der Umgebung ziemlich berühmt. Der Ort hatte sich in den vergangenen Jahren zum wahren Eldorado in Sachen Obst entwickelt. So kamen vor allem jedes Jahr ab Juni scharenweise von weit und breit, die Selbstpflücker zu den erntebereiten Erdbeerfeldern. Rund vier Tonnen Erdbeeren werden dann in der Hochsaison geerntet, täglich! - Im friedlichen Schönenberg existiert zudem seit Jahrzehnten ein ausgeprägtes Vereinsleben. Auch die Mädchen sind aktive Mitglieder im „Schönenberger Musikverein", und in ihrer Freizeit besuchen sie seit Jahren regelmäßig das Jugendhaus des Ortes.

Ein sehr beliebtes Vergnügen bietet am Ortsrand der Klostersee, ein offener Badesee. Dieser Ort ist zweifellos ein echtes, kleines Paradies für seine Einwohner. Ob jung oder alt, den Badesee wissen hier alle sehr zu schätzen.

Als die *Germany Girls* dann im Juli 2021 von den Gartenfreunden die große Chance erhielten, am Samstagabend als exklusiver Live-Act auf ihrem Sommerfest aufzutreten, gab es nichts, aber auch gar nichts zu überlegen. Total euphorisch und mega glücklich, nutzten die vier *Girls* sofort die einmalige Chance, zum allerersten Mal live vor großem Publikum zu spielen. Und trotz aller Umstände durch die Pandemie, entpuppte sich der Auftritt sogleich als ein Volltreffer! Das einzig lästige in diesen Tagen war es, ständig eine medizinische Maske tragen zu müssen, dennoch es musste sein! Die Gesundheit aller Menschen ging schließlich vor, und somit waren die Schutzmaßnahmen vorübergehend unumgänglich.

Doch wahrhaftig! Es wurde heftig! Das Publikum war außer Rand und Band. Die totale Begeisterung über die Premiere, vor heimischem Publikum, war enorm. Und das entging auch einer erfolgreichen Musikmanagerin nicht, die zufällig unter den Festbesuchern weilte.

Als die Managerin unter den Leuten nachfragte, wer und wie die Mädchen sind, erfuhr sie, wie beliebt die Mädchen längst waren. Als Marcella dann von Freunden der Mädchen hörte, dass die Girlband bereits echte Social Media Stars sind, und einen eigenen Youtube-Kanal haben, bekundete sie umgehend ihr Interesse, die Band managen zu wollen. Schwer beeindruckt lud sie die vier Girls, samt Familienangehörigen, noch an Ort und Stelle auf ihre Kosten nach Berlin ein.

Mit so einer grandiosen Überraschung hatte niemand gerechnet. Niemand, außer vielleicht Lillie. Jedenfalls kam die spektakuläre Einladung zum idealen Zeitpunkt. Denn jetzt, nachdem alle vier, ihren Realschulabschluss in der Tasche hatten, und die Zeit durch die Pandemie eine besondere Herausforderung war, setzten die vier Mädchen erst recht alles auf die Musik. Ja, und rasch zeigte sich, dass ihre Entscheidung voll und ganz aufging.

Dieses Abenteuer konnte man nicht planen wie einen Sommerurlaub oder so etwas. Von nun an ging es jeden Tag turbulent zu, und somit wurden auch Lasse und Basti mehr denn je, für die Band unverzichtbar. Die beiden langjährigen Schulfreunde sind technische Alleskönner und produzierten mit der Girlband bereits mehrere erstklassige Musikvideos. Und seit dem Hochladen der Videos ins Internet, entwickelte sich die Girlband seit Monaten, Woche für Woche zu echten Social Media Stars und brechen in einigen Ländern sogar Rekorde. Ihre Popsongs sind schwungvoll peppig und fröhlich. Es ist schon was los in ihren Songs. Einige haben auch knackige Rock- und Soul-Elemente, und werden durch ihren charismatischen Gesang perfektioniert. Die vier Girls sind obendrein wahrhaft hübsch und beeindrucken gleichfalls durch ihre herausragenden Bühnenoutfits.

Von den ungeahnten Chancen, die sich in Berlin dann ergaben, hatte niemand zu träumen gewagt. Als dann sogar noch ein Fernsehsender anrief und ins Fernsehstudio einlud, schien fortan ihrer Erfolgsgeschichte endgültig nichts mehr im Wege zu stehen. An jedem neuen Tag folgten sie leidenschaftlich ihrem großen Traum: *Die genialste Girlband aller Zei-*

ten zu werden. Geniale Musiker sind nicht genial aufgrund ihrer Technik, sie sind genial aufgrund ihrer Leidenschaft. Und die brennende Leidenschaft der *Germany Girls* zeigte allen: Die vier Girls haben eine gehörige Portion Musik im Blut. Und das ist erst der Anfang der Geschichte ...

Auf los geht´s los!

Samstag, 31. Juli

»Endlich! Endlich! Endlich! Endlich!«, lautete der Schlachtruf der Girlband so laut, wie sie überhaupt nur sein konnten. Wieder und wieder wiederholten sie stolz dieses einzige Wort: »Endlich! Endlich! Endlich ist es soweit!«, kreischend und überschwänglich. Ja! Die *Germany Girls* waren so was von bereit! Bereit für die große Bühne.

Die Anspannung war kaum noch auszuhalten. Alle, wirklich alle fieberten so sehr diesem großen Moment entgegen. Auch alle anwesenden Familienmitglieder hatten Herzklopfen oder ebenso Lampenfieber, und einige machten sich vor Aufregung bald in die Hose.

Heute fand bei den Gartenfreunden zum fünfundvierzigsten Mal das traditionelle Sommerfest in der Kleingartenanlage statt. Jedoch war in diesem Jahr alles etwas anders als sonst. Es gab eine ganz besondere Premiere!

Das traditionelle Jahresfest, das auf der gepflegten Festwiese, direkt neben dem Clubheim und jedes Jahr um dieselbe Zeit stattfand, bot dazu einen herrlichen Blick auf den See. Hier war weitläufig Platz für 2000 Besucher und mehr. Jedoch nach Abklärung mit der örtlichen Behörde, war in diesem Jahr auf Grund der anhaltenden Pandemie, die Anzahl auf nur 500 Besucher beschränkt.

Hier in Schönenberg war es in jedem Jahr üblich gewesen, das Sommerfest auf Plakaten anzukündigen. Auch in allen Nachbarorten. Allerdings einigte man sich durch die Umstände, dieses Mal das Sommerfest nur einmal im Ortsnachrichtenblatt bekannt zu geben. Der Tag an dem das Sommerfest stattfand, war seit jeher der letzte Samstag im Juli. Für großes und zusätzliches Interesse sorgte dieses Mal die Ankündigung der *Germany Girls,* und löste automatisch einen verstärkten Besucherandrang aus.

Bereits zu Beginn des Sommerfestes war es den Festhelfern unmöglich, allen Besuchern Einlass zu gewähren. Die idyllische Lage direkt am Badeufer des Klostersees war aber auch einmalig schön und wie gemacht für diese Art von Veranstaltung. Darum kamen die Gäste und Festbesucher jedes Jahr sowohl bei gutem, als auch bei schlechtem Wetter. Und wettertechnisch konnte heute ganz bestimmt nichts mehr schief gehen. Ein schöneres Wetter hätte man wirklich nicht bestellen können. Punktgenau hatte der Wetterbericht die Temperaturen vorhergesagt. Noch am Spätnachmittag waren es knapp dreißig Grad im Schatten. Jetzt um 19 Uhr, eine Stunde vor Konzertbeginn, herrschte rund um das Clubheim eine Stimmung wie auf einem Volksfest. Dutzende junge Mädchen und mindestens genauso viele Jungs kamen um die *Germany Girls* zu hören und natürlich zu sehen. An den beiden Eingangstoren kontrollierten jeweils zwei Helfer von den Gartenfreunden aufmerksam jede Eintrittskarte.

Basti stand ganz nah neben Soraya.

»Noch knapp zehn Minuten«, sagte er und schaute in ihr bildhübsches Gesicht. Seit ihrer gemeinsamen Kindergartenzeit verband die beiden eine innige Freundschaft. War Basti in ihrer Nähe, fühlte sich Soraya einfach gut. Und immer öfter verspürte Basti für Soraya echte Zuneigung. Aber bis dahin blieb es bei einer bedeutsamen Freundschaft.

Doch jetzt in diesem Moment konnte er einfach nicht anders. Spontan umarmte Basti herzlich seine Soraya und gab ihr einen zarten Kuss auf die Wange. Heute war sie schöner denn je. Umwerfend schön. Große blaue Augen, und dickes, dunkles, langes Haar hat sie. Immerzu strahlt sie eine gewisse Sinnlichkeit aus. Soraya hat ihre Schönheit von ihrer Omi Lillie geerbt. Zumindest sagt man ihr das immer wieder. Und sie hat eine unglaubliche Stimme.

»Oh, es fühlt sich fast wie ein Wunder an«, sagte Soraya überglücklich. Mit einem Mal wusste sie, dass sie ihm mehr bedeutet, als sie bisher vermutet, aber gehofft hatte.

»Ich bin so stolz auf dich! Stolz auf euch. Stolz auf uns alle. So etwas kommt dabei raus, wenn man für eine Sache wirklich brennt. Ihr rockt heute hier die Bühne, aber so was von! Und alle werden geflasht sein!«. Da war sich Basti ganz sicher.

Zwar war er jetzt etwas angespannt, aber ihn zeichneten vor allem sein Humor, seine Zuverlässigkeit und sein seelengutes Wesen aus. Ein jeder in seinem Bekanntenkreis wusste dies zu schätzen.

»Ich wette mit euch, morgen wird die Zeitung begeistert und lobend über unseren grandiosen Auftritt berichten! Und jetzt, jetzt halte ich es echt nicht mehr länger aus ... ich will endlich auf die Bühne!«, sagte Scarlett aufgeregt und zupfte ihren Overall zurecht.

»Na, alles easy?«, fragte Lasse die Girls und freute sich genau wie die anderen, dass es jetzt endlich losging.

»Das fragst du noch!? Wir wollen endlich auf die Bühne!«, antwortete Illie lauthals und sichtlich aufgewühlt.

Er lächelte. »Genau das wollte ich hören.«

Zwei Dinge machten Lasse besonders: Zum einen seine Intelligenz und zum zweiten seine Eigenschaft eine echte, unkomplizierte Frohnatur zu sein. Es war auch kein Geheimnis, dass Lasse und Illie ständig miteinander flirteten. Doch alles was für die Girlband im Vordergrund stand war die Musik. Einzig die Musik von morgens bis abends. Jeden Tag.

Startklar standen jetzt die *Germany Girls* auf der Treppe zum Bühnenaufgang und warteten bis Lillie ihre Ansage machte.

Bastian und Lasse nahmen nun ihre Position hinter der Bühne ein. Routiniert und sachlich checkten sie noch einmal die Instrumente und das gesamte Equipment sehr genau. Heute zum ersten Mal auf einer großen Bühne vor so vielen Leuten zu stehen, war anders. Es war mehr als nur aufregend. Es war einfach überwältigend und großartig zugleich!

»Weißt du zufällig wo man hübsche Freundschaftsringe kaufen kann?«, fragte Basti seinen besten Freund plötzlich.

»Wie bitte?«

»Ich brauche dringend Freundschaftsringe«, wiederholte Basti ernsthaft.

»Ich kann ja mal im Internet für dich googeln«, antwortete Lasse verschmitzt und konnte sich natürlich denken, was das mit den Freundschaftsringen zu bedeuten hatte.

»Raus aus der Schule, ab auf die Bühne! Seit ein paar Stunden bietet sich auch mir, eine ganz neue Möglichkeit: Raus aus der Schule, ab auf den Rasen! – Ich habe heute eine Zusage von der VfB Fußball-Akademie bekommen. Damit hatte ich eigentlich gar nicht mehr gerechnet«, erzählte Basti kurz nebenbei. Jetzt wussten es außer seinen Eltern, auch sein bester Freund.

Die beiden schauten sich grinsend ins Gesicht. Lasse gönnte seinem Freund alles, was er sich wünschte. Würde es auch bedeuten, dass sie sich in Zukunft viel weniger sehen konnten.

»Schon komisch. Wir alle, die die Schule nun abgeschlossen haben, werden bald ganz neue Wege gehen. Ich meine ... «, sagte Basti, wurde aber von Lasse unterbrochen.

»Mensch! Gratuliere! Das wäre ja echt der nächste Hammer! Damit hast du auf alle Fälle die Chance, auch dein persönliches Ziel zu erreichen um Fußballprofi zu werden. Ja Mann! Aber leider würde es gleichzeitig bedeuten, dass du die meiste Zeit dann nicht mehr... «

»Stimmt! Dann wäre ich zumindest mal ein Jahr lang die Woche über in Stuttgart«, ergänzte Basti. Nun war es raus, Basti war erleichtert, die überraschende Neuigkeit seinem besten Freund als erstes gesagt zu haben. Ganz klar freute sich Lasse für seinen Freund, wusste aber auch, dass er nicht nur ihm hier dann fehlen würde.

»Nun aber beginnt in wenigen Augenblicken ein erstklassiger Geniestreich. Eine mega Chance die allein unseren *Germany Girls* vorbehalten ist … «, schwärmte Basti.

»Oh ja! So einen fantastischen Tag wie heute sollte es öfter geben. Daran könnte ich mich gewöhnen …. Allerdings nicht wirklich an die Masken in den Gesichtern der Menschen«, sagte Lasse etwas bedrückt.

Bei einem kurzen Blick über die Festwiese, entdeckte Scarlett ihre ehemalige, und ziemlich unbeliebte Schulkameradin Tiffany. Die siebzehnjährige hatte bereits mehrfach, geradezu darum gebettelt, in die Band einsteigen zu dürfen. Allerdings ohne jede Chance. Die langhaarige Blondine kommt eigentlich aus einem guten wohlhabenden Haus, benimmt sich aber andauernd wie eine Angeberin, und ist vollkommen von sich selbst überzeugt, obwohl wirklich keine Talente an ihr zu erkennen sind. Allerdings, was sie wirklich regelmäßig gut kann, ist sich unnatürlich üppig aufzupimpen, manchmal bis zum geht nicht mehr. Dazu kommt noch, ihr wird ein Verhältnis mit einem gut betuchten, aber schon etwas älteren Geschäftsmann nachgesagt. Aber man muss vorsichtig sein, was man behauptet, denn niemand weiß etwas Genaues darüber.

»Ach wie geil ist das denn! Mädels, schaut mal, wer hier gerade aufkreuzt!«, sagte Scarlett ironisch gemeint.

»Ach Herrje! Die hat zu unserem Glück gerade noch gefehlt«, kommentierte Ina.

»Na also so was aber auch! Da hat eine wieder große, aber wohl leere Töne gespuckt. Sie hat doch die Tage überall rumerzählt den ganzen Sommer auf den Malediven in einem Luxus-Resort zu verbringen«, sagte Soraya.

»Tja, dann scheint es erneut nicht nach ihren speziellen Vorstellungen gelaufen zu sein. Schaut euch nur ihr viel zu offenherziges Dekolleté wieder mal an, und das zu kurze sexy Röckchen... Ach, ich frag mich immer wieder, wen sie damit eigentlich erschrecken will! Das wirkt doch echt nur billig«, wunderte sich nicht nur Illie.

Die Bühne war groß und bunt beleuchtet. Direkt vor der Bühne drängten sich vor allem Teenager, junge Mädchen etwa genauso viele, wie junge Männer, die ihren neuen Idolen so nahe wie möglich sein wollten.

»Lieber Gott, für mich war immer klar, wenn ich eine Gitarre bekomme, wird die Musik mein Leben bestimmen! Ich bin überzeugt das ist eine Lebensliebe für immer und ewig ... Ja und jetzt spüre ich heute geschieht etwas Magisches! Etwas Großartiges! Es ist an der Zeit ... los geht's!«, sagte Soraya eindrucksvoll und überglücklich. Illie blinzelte ihr lächelnd zu.

»Oh ja, ich wusste es auch immer, immer, immer!«, antwortete Illie und spuckte ihren Apfel-Kaugummi aus. Ihr Bauchgefühl sagte ihr, dass es genauso kommen wird: Magisch! Jetzt war die Geburtsstunde der *Germany Girls*.

Soraya nahm Illies Hand in ihre Hand. Dann griff Illie nach Scarletts Hand und Scarlett nach Inas Hand. Sie hielten sich fest wie eine Panzerkette. So wollten sie die Bühne betreten – Jetzt - Hand in Hand.

Auffallend gekleidet in einem lilafarbenen Samthosenanzug, den sie seit jeher immer zu Musikkonzerten trug, betrat Lillie die Bühne. Mit Ehrgefühl nahm sie das Mikrofon in ihre Hand. Nun wurde es mit einem Schlag so still, dass man plötzlich wieder sanftes Vogelgezwitscher wahrnehmen konnte. Lillie atmete einmal tief ein, dann begann sie stolz die Premiere anzukündigen.

»Liebe Freunde und Festbesucher aus Nah und Fern. Wie in jedem Jahr ist es für mich immer ein ganz besonderer Moment, euch alle zu unserem beliebten Sommerfest begrüßen zu dürfen. Aber dieses Jahr ist irgendwie alles anders. Denn erstens war die Planung und Umsetzung etwas umständlicher als sonst, aber zweitens wird dieser Abend besser denn je! Denn ja! Wir haben phantastische Super-Special-Guests! In diesem Jahr sind es vier sehr talentierte, hübsche, waschechte, und total musikverrückte Mädels aus unserem wunderschönen Schönenberg! Yes! Und große Träume sind es wert, gesehen zu werden. Und richtig so: Sperrt eure Träume niemals in den Kopf ein. Also zeigt sie. Macht euren Traum unvergessen! Die Welt braucht eure Musik, braucht eure Geschichte! In diesem Sinne … Toi! Toi! Toi! Hier sind *siiie* … die einzigartigen! *Die Germanyyy Giiiirls*!«

Eigentlich wollte Lillie noch mehr sagen, aber weiter kam sie nicht mit ihrer Ansage. Im Sturm ertönte ein frenetischer Applaus des Publikums, der nicht mehr enden wollte, obwohl noch kein einziger Ton Musik zu hören war. Lillie erkannte, das Publikum wollte nicht mehr länger warten. Schnell gab sie den Mädels per Handzeichen das Kommando, auf die Bühne zu kommen. Lillie winkte mit beiden

Händen lächelnd und stolz den Festbesuchern zu und ging flink von der Bühne.

Gerade, als Soraya mit dem ersten Schritt auf die Bühnentreppe voranging, stand da plötzlich Frau Kientsch die ehemalige und langjährige Deutschlehrerin der Mädchen. Frau Kientsch war zu jeder Zeit eine freundliche und adrette Erscheinung, stets chic gekleidet und die kurzen Haare immer auffällig rot gefärbt. Im Unterricht hatte sie immer wieder ihren Lieblingsschriftsteller Erich Kästner erwähnt. Sein Zitat: *Es gibt nichts Gutes, außer man tut es"*, hatte sie hundertfach zitiert. Sie selbst schrieb gerne Kurzgeschichten und Theaterstücke. Führte in der Schule viele Jahre die Theater-AG. Und im nächsten Jahr, das war sicher, würde sie in Pension gehen. Nun ließ sie es sich nicht nehmen, der Girlband für ihren ersten Auftritt, noch schnell *Alles Gute* zu wünschen.

»Großartig! Ich freu mich so sehr für euch! Ich drück euch alle Daumen und wünsche euch den Erfolg, den ihr mit eurer modernen Musik erreichen möchtet. Dann will ich noch einmal das Wichtigste überhaupt sagen: »Die Schule ist das eine ... Aber was man später aus seinem Leben macht, das ist es was zählt!«, quasi synchron sagten alle gemeinsam diesen Satz, ihr

„goldenes Zitat", dass sie schon so vielen Schülern, mit auf ihren Lebensweg gegeben hatte.

»Alles wird gut! Musik muss man nicht lernen, Musik versteht jeder!«, sagte Soraya keck. Hocherfreut dankten die Mädchen flink Frau Kientsch für ihre herzensguten Worte und gingen hintereinander blitzschnell - *endlich* auf die Bühne.

»Jetzt werden alle hier Anwesenden gleich ein heftiges Erdbeben erleben«, sagte Lasse, als die *Germany Girls* die Bühne betraten.

»Das ist so sicher wie das Amen in der Kirche!«, ergänzte Basti glühend.

»Ja, gewiss«, sagte Cherie die plötzlich fast unbemerkt zwischen den beiden stand.

»Und gewiss bleibt der heutige Tag uns allen für immer und ewig in Erinnerung«, vervollständigte Cherie aufgeregt, was sie noch schnell sagen wollte, bevor es im selben Moment endlich losging.

Sämtliche jugendlichen Fans brüllten lauthals: »Soraya, Soraya!«. Die Girls betraten die Bühne und hatten bereits den ersten Akkord angespielt. Sie spielten ihre Instrumente lässig aber sicher, dann begann Soraya Berret mit ihrer unverkennbaren Stimme ihren aktuellen Hit *Save me* zu singen.

Da Basti und Lasse auch während des gesamten Konzerts für die Bühnentechnik verantwortlich waren, bekam kurzerhand Bastis älterer Bruder Lucas die wichtige Aufgabe, das allererste Konzert der Girlband zu filmen. Der 19-jährige Lucas, war längst der größte Fan der *Germany Girls*. Als angehender Fotograf mit fachgerechter Kameraausrüstung war er immer zur Stelle, wenn es um professionelle Video-Aufnahmen ging. Um das exklusive Konzert perfekt und für die Ewigkeit festzuhalten, stand Lucas bereits auf Position, inmitten der ersten Reihe, direkt vor der Bühne. Völlig unaufgeregt und wie immer extrem geduldig, wartete er auf den großen Moment.

»*Yeah! ... Save me, take me away to the moonlight ...* « Für ein phänomenales Opening hatten die *Germany Girls* einen Song von Clout gewählt. Die waren in den 70er Jahren ebenso eine erfolgreiche Girlband aus Südafrika.
Der Start war exzellent gelungen, und das Publikum sogleich vor Begeisterung auf hundert. Es groovte wie die Sau, wie Musiker untereinander zu sagen pflegten. Dies bekundete auch gleich ein erster langanhaltender, tosender Applaus. Noch war der Beifall nicht gänzlich verklungen, da begrüßte Illie die Besucher.

»Dankeschön! Herzlichen Dank für diesen tollen Empfang! Wir sind so glücklich! Glücklich für euch heute unsere Musik spielen zu dürfen!« Auch Soraya begrüßte das Publikum dankbar.

»Danke! Danke! Es ist ein wunderbares Gefühl hier zu stehen ... Heute Abend ist sowieso die beste Zeit für viele gute Gefühle! Oh Yeah - was für ein tolles Gefühl für euch hier Musik machen zu dürfen ... Es ist einfach das schönste, wenn man sich durch und durch für etwas begeistern kann! Wow! - Ich möchte noch sagen, wir haben zwölf Songs mitgebracht. Neun eigene Songs, die wir selbst geschrieben und auch die Musik komponiert haben, und obendrauf zwei oder drei hammerstarke Songs von echt großartigen Vorbildern. Habt alle ganz viel Spaß! Und lasst euch überraschen ... Yeah!«

»Der nächste Song passt gerade sehr, sehr, sehr gut zur Stimmung ... er handelt von guten Gefühlen ... *Good Vibes* ... und der dritte Song ist sowieso ein Traum ... *Fly with me!*«, sagte Soraya und kündigte schwungvoll die nächsten beiden Songs an.

Lillie stand mit ihrer Freundin und Küchenhilfe Cheraldine seitlich am Bühnenrand. Die beiden genossen in jeder Sekunde das Konzert.

Lillie liebte den Song *Fly with me* von dem Moment an, als sie ihn zum ersten Mal gehört hatte über alles. Sie war es auch die voraussagte, dass der Song ein Hit wird. Nun war sogar ein bombastischer Hit daraus geworden. Stolzer hätte Lillie auf ihren Herzensmenschen Soraya nicht sein können. Die beiden verband von Stunde eins an „viel mehr" als eine gewöhnliche Enkelin-und-Oma Beziehung. Sie waren immer füreinander da und hielten zusammen wie Pech und Schwefel. Nein, niemals konnte Lillie ihrer Enkeltochter nur einen Wunsch ausschlagen. Stets unterstützte die junggebliebene achtundfünfzigjährige ihre Enkelin, ohne Wenn und Aber - wann immer sie ihre Hilfe benötigte. Lillie atmete tief ein, und um nicht vor Glück zu platzen, nagte sie an ihrer, von einer dicken Schicht Labello überzogenen Unterlippe.

»Schau dir das an, mit welcher Lässigkeit die Mädels hier überzeugen. Und was für ein charismatischer Blickfang sie mit ihren ausgefallenen Overalls sind! Einfach mega! Und deine Soraya, die kann nicht nur gut singen, sie hat auch echt eine tolle Ausstrahlung. Überhaupt hat sie einen klasse Stil, und obendrauf ein Händchen für modisches Styling... Vielleicht sollte sie, gemeinsam mit meiner Cherie, eine eigene Kollektion für junge Leute entwerfen«, schwärmte Cheraldine beeindruckt in den höchsten Tönen.

»Hey! Die Idee ist gar nicht mal so schlecht. Wenn du den beiden das sagst, legen die womöglich auf der Stelle damit los. Bei dem Ideenreichtum den sie haben, würde mich es jedenfalls überhaupt nicht wundern. Soraya, Illie, Scarlett und Ina lieben einen absolut individuellen Look. Sie sehen das große Ganze. Mit diesem Überblick ergibt sich alles wie von selbst. Ich meine, sie sind schlau genug, um zu wissen, was ihr Publikum sehen und hören will. - Aber erst dank deiner exzellenten Nähkünste, hast du ihnen ein wahrlich fabelhaftes Bühnenoutfit gezaubert«, gab Lillie ein ehrliches und großes Kompliment an ihre amerikanische Freundin zurück.

Nachdem der dritte Song verklungen war, sprang blitzschnell ein junger Mann auf die Bühne. Er rannte auf Illie zu und umarmte sie verträumt, heftig und kurz, bevor er die Bühne genauso schnell wieder verließ. Zwar standen einige Helfer parat, aber dass man eventuell Security benötigte, das hatte man im Vorfeld nicht angenommen. Basti erschrak beinahe zu Tode, und war sichtlich erleichtert, als der stürmische Fan wieder von der Bühne war.

»Wow! Was für ein Hype!«, sagte Lasse noch immer deutlich überrascht.

»Nun wissen wir was beim nächsten Konzert auf keinen Fall fehlen darf. Personenschutz!« Basti grinste erleichtert und achtete nun gleichzeitig, noch aufmerksamer, auf die Sicherheit der vier Mädchen.

Die *Germany Girls* spielten seit beinahe dreißig Minuten. Glücklich vom großen Zeh bis in die Haarspitzen, schwebte Soraya auf ihrer musikalischen Wolke dahin. Bereits die ersten vier Songs *Save me, Fly with me, Good Vibes* und *Fire Heart* lösten geradezu eine echte hysterische Begeisterung aus. - Im Rausch dieses Glücksgefühls hüpfte Scarlett plötzlich hinter ihrem Keyboard vor, und ging zum Bühnenrand. Spontan warf sie einem gutaussehenden Jungen mit blonden langen Haaren, der rechts in der ersten Reihe stand, einen Handkuss zu. - *Ooooh mein Gott! Ich sehe Schmetterlinge ... The sweetest boy ever is heeeere! Amazing! Ein Live-Konzert zu spielen ist das allergrößte überhaupt*, dachte sich Scarlett und war über ihren eigenen Mut erstaunt. Doch der Handkuss galt keinem Fremden. Sammy Nevada, so sein Name - und Scarlett kannten sich. Sie waren sich schon mehrmals, durch einen gemeinsamen Freund, begegnet. Dies war auch kein Geheimnis. Nach der kurzen Kusseinlage war Scarlett flott wieder zurück an ihr Keyboard geeilt, denn es gab keine Konzertpause. Die Girlband spielte nonstop, Song um Song weiter.

Von der Aufregung zu Beginn war nichts mehr zu spüren. Die Mädchen steigerten sich von Song zu Song und zogen eine starke Show ab. Das Publikum kreischte hemmungslos, obwohl der Höhepunkt des Abends noch längst nicht erreicht war.

Der nächste Song sollte eine Überraschung für jemanden sein. Ein ganz besonderes Lied, das einst um die ganze Welt ging! Doch bis es soweit war, hatte Soraya noch etwas zu verkünden.

»Hallo! Oh, entschuldigen Sie bitte! Aber darf ich Sie nur ganz kurz etwas fragen? - Können Sie mir zufälligerweise sagen, wer in Sachen dieser tollen Girlband hier die Ansprechperson ist?«, fragte Marcella Kronberger hastig aber höflich die fremde Frau neben sich.

»Ja klar! Fragen Sie am besten Lillie Berret. Sie ist unsere patente Clubheim-Betreiberin. Übrigens auch eine gute Bekannte von mir, und zufällig auch die Oma von Soraya der Sängerin. Sie ist die Frau im lilafarbenen Samt-Hosenanzug mit der großen Sonnenbrille und den bunten Federn im Haar. Schauen Sie ... Sie steht mitten im Publikum. Lillie höchstpersönlich war es, die vor dem Start auf der Bühne die Girlband angesagt hatte. Sehr weltoffen ist sie übrigens auch. Und normalerweise ist sie auch legerer gekleidet. Zu 99,9% trägt sie immer einen ihrer flippigen Jeansoveralls. - Also keine Hemmungen, nur zu, sprechen Sie sie einfach an«, antwortete die freundliche Frau mit dem schwarzen Kurzhaarschnitt wohlwissend.

»Wow! Prima! Ich danke Ihnen vielmals. Sie haben mir wirklich sehr geholfen. Ja, und ich wünsche Ihnen noch ganz viel Spaß weiterhin!«

Marcella Kronberger war in Schönenberg geboren, eine selbstsichere, mittelgroße Person, zwar immer ein bisschen nervös, aber attraktiv. Ihr Haar war auch mit achtundvierzig Jahren naturblond und nicht gefärbt, ihre dunklen Augen unter den dichten Brauen verliehen ihr eine geheimnisvolle, sinnliche Aura. Aus beruflichen Gründen verließ sie bereits 1996, als damals Dreiundzwanzigjährige ihren Heimatort, und lebt seitdem in Berlin. Umso mehr freute sie sich darüber, endlich mal wieder hier, wenn auch nur für zwei Tage, in ihrer alten Heimat zu sein. Der Anlass dafür war, dass ihr älterer Bruder Pat dieses Wochenende seinen fünfzigsten Geburtstag feierte, und dazu durfte seine Lieblingsschwester auf keinen Fall fehlen.

»Bombe! Bombe! Bombe! This is amazing and so exciting! Himmel! Was hast du uns da für talentierte Mädels auf die Erde geschickt?« Marcella sagte dies nicht einfach so daher. Sie wusste genau wovon sie sprach - denn sie kam vom Fach. Ihr fiel es sofort auf: Die Mädchen waren außergewöhnlich und in jeder hinsicht charismatisch. Aber vor allem: Wirklich begabt! Und Marcella ahnte noch mehr: Soraya - war mehr als die Sängerin und Bassistin der Band, denn ihre Stimme war tatsächlich nicht einfach so vergleichbar.

»Die haben wahrlich Musik im Blut! Mein lieber Schoooolliiii! Annähernd 15 Jahre hab ich so etwas nicht mehr gesehen und gehört! Doch mir ist nach nur 15 Minuten bewusst hier spielt die neuerliche Zukunftsmusik«, energisch lobte die Musikmanagerin ihre Neuentdeckung in der tiefsten Provinz, in den höchsten Tönen.

»Es gab zwar echt schon ein paar überragend gute Girlbands auf der Welt, aber jetzt hat der Globus ein neues Phänomen, nämlich: GENAU DIESE GIRLBAND ... Die *Germany Giiiirls*!«, sagte Marcella voller Begeisterung und war emotional hin und weg.

»Donnerlittchen, Donnerlittchen! Das klingt ja wie eine Ankündigung eines Weltwunders«, platzte es aus Pat Kronberger, der bisher noch nicht zu Wort gekommen war, dem nun aber schlagartig klar wurde, was es zu bedeuten hat, wenn seine Schwester offensichtlich so sehr beeindruckt reagierte.

»Ha! Weltwunder! Das kommt der Sache, wer weiß, vielleicht ziemlich nahe! Aber lass es dir gesagt sein: Von dieser Girlband wird man hören ... und zwar noch einiges mein Lieber! Denn diese Mädchen sind echt und unverwechselbar!«

»Also ihre Musik ist irgendwie für alle. Ich meine für Jung und Alt. Das finde ich schon mal ziemlich gut. Ich bin in dieser Branche ja kein Profi so wie du, doch dass die Girls etwas ganz Eigenes und Mondänes ausstrahlen, sehe auch ich. Und ja, daraus könnte echt etwas Großes werden«, stimmte Pat seiner Schwester lässig zu.

»Komme was wolle. Ich muss hier und jetzt, schleunigst den Kontakt zu der Girlband herstellen. Ich weiß auch schon, wen ich diesbezüglich ansprechen werde!«

»Du bist ja echt völlig hin und weg. Verstehe. Freilich - da ist es total schwierig Privates und Geschäftliches zu trennen«, reagierte Pat locker und verständnisvoll.

»Hör mal, so eine Entdeckung gibt es wirklich nicht alle Tage. Die werden schon sehr bald durch die Decke gehen! Schau dir doch nur das tosende Publikum an. Der Beifall hört gar nicht mehr auf. Dieser persönliche Sound hat etwas Neues, etwas Eigenes, einen Sound, den man auf alle Fälle gerne hören möchte … Ihr unglaublicher Facettenreichtum und ihr großes musikalisches Talent begeistern sofort. Sieh nur wie die Sängerin ihre Bassgitarre wie ein alter Hase mit purer wilder Leidenschaft zupft! Oder die hübsche Blondhaarige, die auf ihrer E-Gitarre voller Hingabe und ganz verträumt exzellent spielt. Einfach toll! Man wird garantiert noch viel von den *Germany Girls* hören! Das ist die Zukunft! Zuuukuuunft!«

Pat sah dies tatsächlich ganz genauso und hatte keinerlei Grund seiner Schwester zu widersprechen. Er wusste ganz genau, dass Marcella von je her ein goldenes Näschen und ein sicheres Händchen für junge Talente hatte. Ebenso hatte sie schon etlichen Stars zu einem erfolgreichen Aufstieg verholfen, auch wenn die Aussichten als hoffnungslos galten. Marcella war stets die erste Anlaufstelle für neue Künstler und Projekte, die sie dann auch langjährig vertrauensvoll betreute.

Für die Zeit des restlichen Konzerts stand Pat vorerst ohne Marcella auf der Festwiese.

Aber dafür am perfekten Standort mit freiem Blick zur Bühne.

Marcella war überglücklich hier zu sein. Sie betrachtete jede Minute voller Wertschätzung, und ganz genau den Auftritt der Girlband. Keine Minute wollte sie davon versäumen. Ebenso wie alle Festbesucher.

Es war bemerkenswert, wie viele Leute die Band und ihre Songs bereits schon kannten. Noch war kein Album von den *Germany Girls* veröffentlicht, aber es war in Planung. Schließlich gab es bereits genügend phantastische Songs dafür. Songs aus den Federn der Mädchen, die bereits auf dem Weg in die Internationalen Charts waren.

Das Kreischen der Fans flachte auch nach einer kurzen Pause nicht ab. Die Mädels wechselten hinter der Bühne flott ihre Outfits. Jede hatte nun einen schwarzen Overall aus Lederimitat zu Printstiefeln an.
Cheraldine, die für sämtliche Bühnenoutfits verantwortlich war, weil sie diese nach den Entwürfen von Soraya und Cherie geschneidert und genäht hatte, warf einen genauen Blick darauf, ob auch alles passt und sitzt. Das zweite Bühnenoutfit machte die Mädels zu echten Glamrockstars. Darin sahen sie mindes-

tens genauso extravagant aus, wie die Leute damals in den 70er Jahren. Jedes der Mädchen strahlte darin eine stolze und enorme Coolness aus - ähnlich wie Raubkatzen.

Als nächsten Song, begann Illie auf ihrer Gitarre eine gefühlvolle Ballade anzuspielen. Das laute Kreischen der Fans war urplötzlich verstummt. Jetzt lag eine verträumte Atmosphäre in der Luft.

»Danke! Vielen Dank für eure Aufmerksamkeit! Nun folgt ein echter Superhit aus vergangenen Tagen. Ein Song, der zeitlos an Liebe erinnert ... Und den wir von Herzen meiner Omi widmen möchten: Wo ist meine Omi? Wo bist du Oooomiiii?«, dehnte Soraya das wichtige Wort in das Mikrophon, während ihre Augen durchs Publikum nach Lillie suchten.

»Hier! Ich bin hier Soraya!«, rief Lillie so laut sie konnte, und schaute völlig erstaunt in Richtung Bühne. Sie hatte keinen blassen Schimmer davon, was nun folgte. Und weil sie nicht direkt vor der Bühne stand, sondern inmitten dem Publikum weilte, hüpfte sie zweimal in die Höhe und winkte voller Freude mit beiden Händen als Erkennungszeichen ihrer Soraya zu.

»Liebe Omi! Dir sollte man einen Orden verleihen, als die beste Oma der Welt! Da ich, auch Illie, Scarlett und Ina aber wissen, dass du keinerlei Wert auf Orden, Pokale, oder sonst irgendwelche Auszeichnungen legst, möchten wir dir ein besonderes Geschenk machen, und diesen besonderen, wunderbaren Song für dich spielen … Jaaaa, diesen Song, weil wir wissen, dass dir der Song so viel bedeutet«. Wenige Sekunden nachdem die Musik eingesetzt hatte, begann Soraya mitreißend eine echte Rock-Ballade zu singen: *She`s in love with you, that`s all she wants to do …*

Sofort, am allerersten Akkord, erkannte Lillie diesen Song aus ihrer glücklichen Jugendzeit. Es war als träumte sie … Ein atemberaubender tiefer Moment! Lillie konnte kein Wort sagen. Sie bekam feuchte Augen. Sechzehn war sie damals, als der Song ein großer Hit war. Zauberhafte sechzehn, genau wie die vier Mädchen heute auf der Bühne. In diesem Jahr 1979, begann so viel Neues, so viel Aufregendes. Genau wie für die Girlband heute … Doch verdammt, im selben Moment sprach sie einfach jemand von der Seite an.

»Hallo! Entschuldigen Sie bitte! Sind Sie vielleicht Lillie Berret?«

»Ach, Herrjeee, muss das ausgerechnet jetzt in diesem Moment sein? Echt jetzt. Muss mich gerade jetzt jemand stören«, dachte sich Lillie echt genervt. Einfach unmöglich. Ausgerechnet jetzt, in diesem einzigartigen Augenblick, als die *Germany Girls* „nur für sie" einen ihrer liebsten Songs so wunderbar präsentierten.

Aber Lillie wollte die Fremde auch nicht unhöflich abweisen. Zickig zu sein, war wirklich nicht ihre Art. Also antwortete sie der neugierigen unbekannten Frau genauso freundlich, wie diese gefragt hatte.

»Hallöchen. Ja, ich bin Lillie Berret«, antwortete sie kurz und knapp, ohne die Person, die sie ausgerechnet jetzt angesprochen hatte, optisch richtig wahrzunehmen.

»Diese Girlband ist phantastisch! Ein bombastischer Glücksfall! Ich bin übrigens Marcella Kronberger aus Berlin. Ich bin Musikmanagerin. Ja ... ich arbeite dort seit vielen Jahren mit ganzem Herzen als Musikmanagerin.«

Wenn auch nur mit einem Ohr, aber Lillie war sich ganz sicher, richtig gehört zu haben: »*Ich bin Musikmanagerin*«. Nachdem Lillie diesen Satz gehört hatte, drehte sie langsam ihr Gesicht in Richtung Marcella Kronberger.

»Korrekt! Die Mädels werden nicht aufzuhalten sein. Ach, was sag ich ... diese Band ist einfach konkurrenzlos!«, antwortete Lillie kokett und selbstsicher.

In Gedanken dankte Lillie einmal mehr dem lieben Gott dafür, eine so wunderbare Enkeltochter zu haben! Ja, sie waren wirklich see-lenverwandt. Zu jeder Tages- und Nachtzeit ein Herz und eine Seele, und miteinander verbunden wie ein magisches Band. Schon einige Male hatte Lillie sich dazu humorvoll geäußert und flachste: „In meinem nächsten Leben mache ich meine Enkelkinder zuerst".

»Ja! Höchstwahrscheinlich haben Sie Recht! Dann sind wir übrigens auch sogleich einer Meinung. Ich finde die Mädels sogar um einiges besser, als nur cool! Ich möchte behaupten, ich kenne derzeit weit und breit keine vergleichbare Girlband. - Ähm, wenn Sie mir erlauben, würde ich mich sehr gerne etwas genauer vorstellen ... Also mein Name ist Marcella Kronberger. Und ich bin übers Wochenende glücklicherweise hier, endlich mal wieder hier in meiner alten Heimat, da mein Bruder Pat seinen runden Geburtstag feiert. Und ja, wie gesagt, ich bin seit vielen Jahren Musikmanagerin in Berlin«.

Lillie dachte kurz nach, der Name Kronberger war ihr geläufig, aber Marcella, war ihr unbekannt. Jedenfalls machte die Musikmanagerin zweifelsfrei rundum einen sehr sympathischen Eindruck. Sachlich, und überhaupt nicht arrogant. Ihr Alter schätzte Lillie höchstens auf fünfzig, eher jünger. Auch ihre eher lässige Erscheinung in Jeans und Blazer, machte sie zu einer sympathischen Person.

Noch bevor Lillie ihr antworten konnte, ergänzte Marcella: »Ich bin seit mehr als zwanzig Jahren ständig und überall auf der Suche nach neuen Talenten. Da komm ich nichtsahnend hierher und plötzlich stehen da gleich vier hammermäßige Talente vor mir. Das ist der pure Wahnsinn! So etwas passiert sehr, sehr, sehr selten! Aber die *Germany Girls* bringen einfach alles mit, was man für die Bühne haben muss: Ausstrahlung, Talent, Hingabe, Esprit, und, „ihren" sehr eigenen Stil.«

»Ich wusste es von Stunde eins an. Nachdem ich damals die ersten drei, vier fertigen Songs im Proberaum gehört hatte, war mir klar, alle vier *Girls* sind großartig und bilden zu viert eine besondere Einheit. Kurzum: Die Girlband ist der Wahnsinn! Ja, ich weiß das schon die ganze Zeit, sie haben absolut etwas Einmaliges an sich! - Und Sie? Wollen Sie mir vielleicht damit sagen: Sie interessieren sich für die Girlband?«, fragte Lillie direkt.

»Um es kurz zu machen: Eindeutig Ja! Aber, damit wir beide jetzt das restliche Konzert nicht verpassen, schlage ich vor, dass wir uns nachher noch etwas genauer darüber unterhalten. - Am besten auch gleich mit den Mädels, samt ihren Müttern und Vätern. Damit Sie mich nicht suchen müssen, mein Bruder und ich stehen neben dem Imbisswagen« schlug Marcella nun vor.

»Das können wir gerne machen! Ich kümmere mich darum. Und falls Sie mich suchen, ich gehe ihnen nicht verloren, ich bin mit dem Clubheim hier mittlerweile schon verwachsen. Sie finden mich mal hier, mal da, also überall. Na dann, bis nachher. Ich tu was ich kann. Versprochen«, sagte Lillie der freundlichen Musikmanagerin. Sie konnte kaum glauben, was sich eben zugetragen hatte. War dieses kurze zweiminutige Gespräch, für die Girlband vielleicht tatsächlich der Start, der ihren großen Traum wahr werden lassen sollte? Lillie jedenfalls, hatte ein gutes Gefühl.

»Einen Moment noch! Hier, meine Visitenkarte. Nehmen Sie besser gleich fünf oder mehr. Ich bin noch bis morgen da. Notfalls … bleibe ich gerne auch einen Tag länger. Was ich Ihnen noch sagen will: Das was ich sage, das meine ich auch so. So und nicht anders.« Abermals hatte Marcella deutlich ihr starkes Interesse an der Girlband bekundet, und Lillie hatte sofort verstanden. Auch wenn sie es noch immer kaum glauben konnte - Eine erfahrene Musikmanagerin war aus gutem Grund, und doch eher zufällig hier, aber bekundete echtes Interesse an den Mädchen und deren Musik.

Und das alles bei ihrem allererster Live-Auftritt vor Publikum - wohlgemerkt.

Lillie hatte genügend Menschenkenntnis. Darum wusste sie auf Anhieb, Marcella Kronberger ist eine Frau, die es ehrlich meinte. Sie sprach sachlich und weich, überhaupt nicht arrogant. Auch wenn sie schon lange bekannt und erfolgreich war, so machte sie im besten Sinne einen bodenständigen Eindruck.

»Ok! Wir werden uns noch heute alle gemeinsam an einen Tisch setzen. Dann dürfen Sie uns alle aufklären, wer und was *Sie* sind, und Ihre Ideen vorstellen, was die Girlband betrifft. Abgemacht!«

»Freut mich. Sehr gerne. Und glauben Sie mir: Sie werden nicht enttäuscht sein. Ach, was ich noch sagen wollte: Ihr Hosenanzug ist absolut top! Erinnert mich stark an die unvergessene Janis Joplin«, ergänzte Marcella Kronberger freudestrahlend. Sie wusste ganz genau, wie entscheidend dieses kurze und gute Gespräch war.

Lillie bedankte sich geschmeichelt für das Kompliment. Dann ging Marcella freudestrahlen zu ihrem Bruder zurück.

Lillie las aufmerksam die Visitenkarte, schaute kurz verwirrt in den Himmel, dann im nächsten Moment kam ihr blitzartig eine Idee. Und zuallererst, musste sie jetzt auf dem schnellsten Weg kurz rüber zum Büro. Sie musste schleunigst im Internet den Namen Marcella Kronberger googeln.

Abseits, etwa zwanzig Meter von der Bühne entfernt, stand Tim Arnold, Scarletts Vater, im Schatten unter einem großen Kastanienbaum. Stolzer wie in diesem Augenblick konnte ein Vater auf seine Tochter kaum sein. Er kannte dieses Glücksgefühl, Musik auf einer Bühne machen zu dürfen, sehr genau. Diese besonderen Emotionen! Einst war er selbst viele Jahre der Schlagzeuger einer Rockband, und heute genoss er sichtlich den großen Tag seiner Tochter. Er wünschte ihr jedenfalls alles Glück der Welt, für ihren großen Traum die Musik. Tim Arnold ist Anfang fünfzig. Eine feine Seele von Mensch, und stets charmant. Innerlich gingen seine Gedanken mit ihm durch, auch weil er aus Erfahrung wusste, so ein Auftritt öffnet so manche Tür. Und wer weiß, was sich daraus in Zukunft alles so entwickeln konnte. Außerdem hatte er zufällig das Gespräch zwischen Lillie und Marcella beobachtet. Sein Bauchgefühl sagte ihm eindeutig, dass es um die *Germany Girls* ging.

»Mama! Mama warte! Mamaaaa!«, rief Celine Berret so laut es ging. Währenddessen war im Hintergrund lauthals das begeisterte Publikum zu hören. Die Ordner hatten alle Hände voll zu tun, die ersten bewusstlosen Teenager rauszuziehen, um sie ins ambulante Sanitätszelt hinter der Bühne zu tragen. Hier schien im wahrsten Sinne des Wortes der Teufel los zu sein. Die Menschen waren einfach nur glücklich, und wollten gemeinsam eine gute Zeit verbringen. Gerade in der schweren Zeit der Pandemie, war dies zum echten Bedürfnis geworden.

Während Lillie im Schnellschritt in Richtung Büro ging, hörte sie nun endlich, zwischen all dem Stimmengewirr, auch ihre Tochter Celine nach ihr rufen.

»Celine! Komm mit! Ich muss ganz kurz ins Büro. Ich muss dringend etwas checken. Ich sag dir: Wunder geschehen tatsächlich!«

»Waaaas? Was ist los? Mist, dass ich erst so spät kommen konnte. Es ist doch wie verhext, wenn man einmal früher Feierabend machen will, meldet sich prompt eine Kollegin krank, und jetzt habe ich den ersten großen Auftritt meiner Tochter fast verpasst! Verdammt!«

»Pssst! Hör mal ganz schnell zu Celine. Ich verspreche dir, du wirst deine Tochter noch bewundern können. Schon bald, glaube mir. Der Auftritt der Mädels ist einfach grandios! Aber jetzt, jetzt kommt der Hammer! Der Oberhammer! Darum muss ich auch sofort, und auf dem schnellsten Weg ins Büro. Und du gehst mit! Ich muss kurz ins Internet. Ich muss mich dringend über die Person Marcella Kronberger schlau machen.«

»Was? Und wer ist Marcella Kronberger?«

»Eben. Darum geht's. Sie kam vor wenigen Minuten zu mir als ich mitten im Publikum stand, und hat sich als langjährige Musikmanagerin aus Berlin vorgestellt. Sie hat sofort ihr Interesse an der Band bekundet. Du, die ist von hinten bis vorne so dermaßen von den Mädels und der Musik mega begeistert... Ach, sie hat sie alle vier in den Himmel gelobt! Und sie hat davon erzählt, dass sie seit gut zwanzig Jahren ständig auf der Suche nach Talenten sei, und hier standen diese plötzlich vor ihr ...«

Celine wusste erst gar nicht was sie sagen sollte, völlig ausgeflippt hörte sich das an, und völlig perplex hörte sie weiter ihrer Mutter zu.

Draußen auf der Festwiese steppte weiter der Bär. Das Publikum feierte Song um Song und natürlich die *Germany Girls*. Die Girlband präsentierte melodische eigene Songs wie *„Sexy Girl", „Blues & Beat", „Follow the Love",*

„No Nobody" und „More Flowers". Jedoch vor allem ihre Performance und die Coolness der Coverversion von „Whenever, Wherever" von „Shakira" löste enthemmten, tosenden Applaus in Long Version aus.

Nachdem Lillie den Namen Marcella Kronberger eingegeben hatte, erschienen gleich reihenweise Artikel und Fotos zu diesem Namen.

»Sie hat ja noch untertrieben… Schau dir das mal an, was hier über sie zu lesen ist: Seit 2011 managt sie das holländische Duo „Blackred". Wow! Und seit 2016 auch die einzigartige Schauspielerin und Sängerin „La Daliah"! Aber das ist noch nicht alles. Fast fünfzehn Jahre, bis zu dem schrecklichen Verkehrsunfall, bei dem er tragisch ums Leben kam, war sie auch die Managerin von „Rocco Garcias"! Allesamt sind international sehr bekannt und enorm erfolgreich! Und fundamental ist: Von Skandalen ist absolut nichts zu lesen. Nicht mal ansatzweise. Also ist Marcella Kronberger seriös, und obendrein, sozusagen, ein alter Hase im Musikgeschäft«, analysierte Lillie. Jetzt war sie von Marcellas Ernsthaftigkeit endgültig überzeugt.

Celine war eigentlich nicht auf den Mund gefallen, aber jetzt wusste sie noch immer nicht recht, was sie sagen sollte. Wieder und wieder schaute sie ihre Mutter wortlos an, und sah dabei ähnlich wie ein erschrockenes Eichhörnchen aus.

»Yeaaaah!«, brüllte es aus Lillie strahlend raus.

»Maaaamaaaa!« sagte Celine baff.

»Ja. Sehr gut. Jetzt hast du verstanden.«

»Also«, begann Celine langsam und stockend, »dann willst du mir damit sagen, unsere *Germany Girls* - bekommen durch Marcella Kronberger womöglich die einmalige Chance groß rauszukommen? Das klingt ja fast ungeheuerlich«, jetzt war gesagt, was man sich kaum zu äußern traute.

»Bingoooo! Komm! Wir müssen schnell zur Bühne! Das Konzert ist gleich zu Ende. Hier hast du eine Visitenkarte von ihr. Ich hab mit Frau Kronberger vereinbart, dass wir uns heute noch alle gemeinsam an einen Tisch setzen werden. Dann kann sie sich persönlich vorstellen, mitsamt ihren Ideen und Plänen.«

Zum Konzertende hin, kündigte Soraya den letzten Song an. Eine Liebeserklärung an die Musik. Eine Hymne schlechthin. Diesen Songtext hatte Soraya als dreizehnjährige an einem späten Abend in nur zehn Minuten geschrieben. Ein Text der zu Herzen ging.

»Leider ist es langsam an der Zeit tschüss zu sagen ... Wir haben uns entschieden als Finalsong, einen sehr emotionalen und wunderbaren Song für euch zu spielen. Und noch nie haben wir diesen Song vor irgendjemandem gespielt. Ihr seid die ersten! Soooo Listen!«, rief Soraya ins Mikrophon. - Im Hintergrund begann bereits sanft die Melodie.

Zunächst wurde es eigenartig ruhig, aber nur weil es ein Konzertende mit einem ganz besonderen Gänsehautmoment am Schluss wurde. Soraya begann zu singen... »*I was almost a child, so I wrote these lines ...*«

Der letzte Song war nun verklungen, doch der Applaus wollte nicht enden. Und nicht wenige hatten jetzt Tränen in den Augen, dabei klatschte das Publikum unermüdlich und forderte: Zugabe! Zugabe! Zugabe!...

Die *Germany Girls* ließen sich nicht lange bitten, natürlich hatten sie noch lange nicht alle Songs aus ihrem Repetoire gespielt. - Es folgten zwei weitere famose Songs, *„Do not be fooled“* und das Cover *„Be my lover“*. Wieder wollte der Applaus kaum enden. - Am Bühnenabgang hatte sich blitzschnell eine Schar junger Leute versammelt. Die *Germany Girls* bedankten sich herzlich beim Publikum und verteilten in alle Richtungen Handküsschen.

Unterdessen blickten Cheraldine und Lillie Stolz erfüllt zu den Mädchen auf die Bühne, winkten ihnen wie wild zu und zeigten die Daumen nach oben. Nun war es vollbracht: Die Premiere war mit Bravour geschafft! Die *Germany Girls* hatten ihren ersten Auftritt vor Publikum erstklassig gemeistert. So atemberaubend gut, als hätten sie es schon hundertfach getan.

»Liebe Leute! Das war so was von himmlisch!« sagte Lillie total glücklich.

»Und wie himmlisch das war!«, wiederholte Cheraldine Lillies Worte genauso euphorisch, und machte dazu einen lustigen Sprung in die Luft.

Cheraldine und Lillie verband eine langjährige Freundschaft. Noch als ihr geschiedener Mann Carl O'Neill, ein afroamerikanischer Millionärssohn hier lebte, waren sie zuverlässig füreinander da. Sie konnten über alles reden, jedoch über den eigentlichen Scheidungsgrund, ein einziges Mal untreu gewesen zu sein, sprach Cheraldine nie ein Wort. Carls Enttäuschung darüber war jedenfalls unverzeihlich. So entschied er sich vor drei Jahren nach der Scheidung, wieder in seine Heimat in die USA zurückzukehren. Allerdings lag es ihm sehr am Herzen, dass weder seine Tochter Cherie, noch seine geschieden Frau finanzielle Nöte drückte. Großzügig kaufte er ihnen eine Eigentumswohnung und überwies jeden Monat 3000 Euro. Cheraldine ging demnach nicht des Geldes wegen arbeiten, nein, sie brauchte und liebte ihre Aufgaben zu helfen. Als Küchenhilfe im Clubheim zu sein oder noch viel lieber ihrem Beruf als Schneiderin nachzugehen. Aber für die *Germany Girls* seit neustem die Bühnenoutfits zu nähen, war einfach crazy.

Noch immer standen die *Germany Girls* auf der Bühne. Soraya winkte ins Publikum und nahm noch einmal das Mikrophon. »Dankeschöööön! Tausend Mal Danke! Ich kann immer noch nicht so ganz begreifen, was hier heute abgeht. Das war bisher der größte und tollste Moment, den ich je erleben durfte. Mein Herz platzt vor Freude, Dankbarkeit und Glück. Danke für eine Erinnerung fürs Leben«, bedankte sich Soraya sehr gefühlsbestimmt beim Publikum.

Plötzlich kam, überraschend flink, die Gnadenhofbesitzerin Lea Mailänder auf die Bühne und bat Soraya kurz etwas sagen zu dürfen.

»Wiiiie genial war dieser Hammer-Auftritt bitteschön? Es war so extrem gut! Von euch vier, so Hammer-Songs zu hören, einfach super!«, rief Lea überschwänglich ins Mikrofon.

»Liebe Festbesucher, einige von euch kennen mich vielleicht. Ich bin Lea Mailänder vom „Animal Gnadenhof". Meinen Gnadenhof kann man fast von hier aus sehen, weil wir nur etwa 400 Meter Luftlinie entfernt sind. Aber jetzt kommt's: Ich hätte da eine Super-Idee! So ganz spontan! Wie wäre es denn, wenn wir diese vier hochtalentierten Mädchen aus unserem Heimatort und nach diesem tollen Auftritt, bereits am Samstag in zwei Wochen beim nächsten Heimspiel auf dem Gnadenhof bewundern könnten? Ich lade hiermit alle herzlich ein, zu unserem Jahrestag: Tag der offenen Tür! Nun braucht es nur noch eine Zusage ...«
Ein stürmischer Beifall und laute Jubelschreie begleitete umgehend diese Einladung.
Freilich freuten sich die *Germany Girls* über die spontane Einladung, und nickten Lea zustimmend zu. Gleichzeitig streckten die vier Girls überschwänglich ihre Arme in Richtung Himmel, und zeigten alle Daumen nach oben. So wie die *Germany Girls* auftraten, symbolisierten sie Geschlossenheit, Einigkeit, und innige Freundschaft sowieso.
»Mega! Dankeschön! Die nette Einladung nehmen wir sehr gerne an! Leute! Wir haben eine neue Verabredung! Wir sehen uns Samstag in zwei Wochen! Echt mega! Und Danke an

alle, die vorbei kommen und mit uns singen wollen!«, rief Soraya lächelnd ins Mikrofon.

»Unglaublich. Der nächste Auftritt ist auch schon unter Dach und Fach. Also wenn das so weiter geht, bin ich gespannt welche Wunder wir heute noch erleben werden«, sagte Lillie erstaunt zu Celine. Die beide warteten bereits direkt an der Bühnentreppe, zwischen etlichen kreischenden Fans auf die Girlband, um sie zurück ins Clubheim zu begleiten.

»Hui! Die Presse ist auch anwesend. Ach schau, die aufmerksame Mareike Martini vom „Schwarzwälder Boten" ist da. Und wenn ich mich nicht täusche, ist die Pressedame gerade auf dem Weg hierher«, erkannte Celine richtig.
»Bitte Soraya ein Autogramm!« »Für mich auch bitte ein Autogramm!« »Oh ja! Ich möchte unbedingt auch eins!«, hörte man die Fans rufen!
Peinlich! Peinlich! An tausend Dinge hatte man vorab gedacht, nur nicht an Autogrammkarten. Tatsächlich kam niemand auf die ehrenvolle Idee, Autogrammkarten drucken zu lassen.
Ob Scarlett, Ina, Soraya oder Illie, alle waren darüber verwundert. Aber sie versprachen den Fans: »Ihr Lieben, kommt alle in zwei Wochen zum Gnadenhof, dann bekommt jeder sein

persönliches Autogramm. Versprochen!« Dieses Versprechen war immerhin ein kleines Trostpflaster.

»Tja, dann gäbe es da noch die Möglichkeit, so bald wie möglich eine Autogrammstunde im Rathaus anzubieten.«
Celine kannte die Stimme hinter sich zu gut und wusste sofort zu wem diese gehörte.

»Hallo, Herr Bürgermeister! Na, das nenn ich mal eine Ansage!«, antwortete Celine salopp.
Bürgermeister Thomas Heinrich und Celine waren nahezu so etwas wie gute Bekannte. Sie begegneten sich seit Jahren jeden Morgen, pünktlich um halb acht in der Bäckereifiliale in der Wilhelmstrasse, die Celine leitete.

»Was dann so viel bedeutet: Ich darf dazu einen baldigen Termin im Nachrichtenblatt bekanntgeben?«, versicherte sich der Bürgermeister.

»Yes!«, freute sich Scarlett.

»Das machen wir gerne!«, sagte Ina.

»Am besten gleich nächsten Samstag um 14 Uhr!«, schlug Soraya vor.

»Super! Das freut mich ungemein! Ja, 14 Uhr wäre optimal. Ich hoffe wir haben dann auch ein paar Minuten für eine kurze persönliche Unterhaltung, denn bei diesem Hype um euch, haben wir hier und jetzt dafür keine Chance.

Die Autogrammstunde gebe ich im Ortsnachrichtenblatt und im „Schwarzwälder Bote" bekannt! Ich wünsche euch viel Glück! Also bis
bald.«

»Scarlett, Soraya, Illie und Ina, hört mir bitte
dringend kurz zu. Wir müssen alle auf dem
schnellstens Weg rüber ins Büro. Vorhin ergab
sich etwas Unfassbares! Etwas Einmaliges!
Etwas Ultrakrasses! - Jedenfalls müssen wir
zusammen sofort, ganz ernsthaft etwas besprechen! Wo sind deine Eltern Illie? Und wo
ist dein Vater Ina? Wo ist deine Mama Scarlett?
Trommelt alle zusammen! Und dann alle ZACK
ZACK ins Büro!«, kommandierte Lillie in einem
für sie völlig unüblichen, ernsten und lauten
Ton.

Die Girls waren völlig verunsichert. Noch
nie hatten sie Lillie so hektisch und aufgewühlt
erlebt. Auch Basti und Lasse waren ratlos.
Allesamt liefen deshalb zügig in Richtung
Clubheim, um sich im Büro zu versammeln.

Endlich konnte auch Tim, Scarletts Vater, der
Girlband zu ihrem gelungenen ersten Auftritt
gratulieren. Es war ihm jetzt ein Bedürfnis seine Tochter, wenigstens kurz, ganz fest in seine
Arme zu nehmen.

»Deine Mutter wäre so unendlich stolz auf dich! Ich wünschte wir hätten dich gemeinsam in unseren Armen. Ach, wenn sie es doch nur erlebt hätte ...«, mehr konnte Tim im Augenblick nicht zu Scarlett sagen. Ja, seit dem tragischen Tod seiner Frau Anna, nach einem schlimmen Fahrradsturz vor gut einem Jahr während einer Radtour, war Tim in ein tiefes Loch gefallen. Seither war er oft traurig. Ihm fehlte einfach seine zweite Hälfte. Und hätte Scarlett die Musik und ihre Freundinnen nicht, erginge es ihr sicherlich ganz genauso.

Nach nur wenigen Minuten klärte sich zum Glück die prekäre Situation auf, warum plötzlich alle so angespannt statt entspannt zu sein, waren. Praktischerweise waren im Clubheim ohnehin die meisten Eltern der vier Girls anwesend. Scarletts Vater Tim und Inas Mutter Tina standen an der Theke, lachten und schienen sich köstlich zu amüsieren, bis Lillie ihnen ein wild fuchtelndes Handzeichen in Richtung Büro gab.

Lillie hatte kaum die Tür hinter sich zu gemacht, kamen hastig die ersten Fragen.

»Omi! Was ist denn los?«, fragte Soraya gewissenhaft als erste.

»Himmel! Was ist denn nur los?«, fragte Illie verunsichert gleich hinterher.

»Leute, Leute! Es ist etwas völlig Unerwartetes passiert. Es ist absolut CRAZY! Auf der Festwiese wartet jemand auf euch! Aber nicht irgendjemand. Es ist eine sehr eindrucksvolle weibliche Person ... Ja, eine Frau die tatsächlich in der Musikbranche einen ziemlich guten Ruf genießt. Und jetzt kommt`s! *Sie* will *euch*, die *Germany Girls* unbedingt kennenlernen!«, antwortete Lillie rasch.

Scarlett riss die Augen auf. Diese Neuigkeit übertraf jede Erwartung und jede Spekulation. Sie war dennoch vergleichbar mit dem einzigartigen Moment, als die Band vor neunzig Minuten zum ersten Mal die Bühne betrat.

Von einer Sekunde auf die andere herrschte im Büro eine Atmosphäre, die von den Anwesenden so noch niemand erlebt hatte. Jetzt endlich konnten Lillie und Celine die brisante Situation vollends aufklären.

»Um es kurz zu machen: Eine Musikmanagerin interessiert sich für euch! Aber nicht irgendeine. Nein. Wir zwei haben herausgefunden, dass Marcella Kronberger im Musikbusiness bereits seit vielen Jahren eine ziemlich große Hausnummer ist. Sie ist sozusagen; oder besser gesagt, diese Frau Kronberger könnte der große Jackpot für euch sein!«

»Was!?«

»Krass!«

»Jesses!«

»Yes!«

Ziemlich perplex hatte eine nach der anderen die ungeahnte Sensation mit nur einem einzigen Wort kommentiert.

»Aber was hat das zu bedeuten?« fragte Stefanie, Illies Mutter irritiert.

»Frau Kronberger lobte die Mädchen mit jedem Wort in den Himmel. Sie erkenne großes Talent. Viel Potenzial ... Und die Girlband würde der männlichen Dominanz, der heutigen Musikbranche echt Paroli bieten ... Sie sagte auch ... «

Nachdem Lillie nun in aller Ruhe ausführlich erzählt hatte, wer Marcella Kronberger ist, und welche Absichten sie verfolgt, schien diese Überraschung zunächst, als wäre sie unrealistisch. Aber es war eine großartige Tatsache. So langsam hatten es auch alle begriffen: Die Situation war real und mehr als wahrhaftig, denn draußen wartete Marcella Kronberger bereits ungeduldig auf das gemeinsame Gespräch.

Erstaunt blickten alle um sich. Sprachlos vor Rührung. Ja, jetzt etwas zu sagen, war gar nicht so einfach. Celine aber hatte eine wichtige Botschaft an die Mädchen.

»Tja, ich würde dann mal meinen, wir drücken unseren Mädels ganz fest alle Daumen, dass vier große Träume wirklich wahr werden.

- Dann möchte ich noch sagen: So oder so, ich denke wir alle, werden euch immer unterstützen. Eure Chancen stehen, glaube ich, wirklich gut. Jedenfalls wünsche ich euch von Herzen – alles Glück der Erde!«, sagte Celine Berret sichtlich berührt. Dafür bekam sie, mit einem kräftigen Klopfzeichen von jedem auf den Tisch, die Zustimmung.

Lillie bat nun Marcella Kronberger ins Büro, und begrüßte sie gutgesinnt per Handschlag.

Nachdem sich die Musikmanagerin freundlich und ausführlich vorgestellt hatte, begann sie ohne zu zögern der Girlband samt Angehörigen ihre persönliche Einschätzung über sie mitzuteilen.

»Bravo und Gratulation! Das war eine fabelhafte Vorstellung! Ich kann es fast nicht glauben ... Gleich der allererste Auftritt entpuppte sich als ein echtes Highlight! Ihr besitzt eine einzigartige Mischung. Das fängt schon damit an, dass ihr einen prädestinierten Namen für eure Band gewählt habt. Die „Germany Girls" haben enorm viiiiel Esprit, Leidenschaft, Mut und Empathie. Da gibt es einerseits eine zarte Facette, andererseits habt ihr etwas echt glamouröses Wildes an euch. Ich bin davon überzeugt: Die *Germany Girls* werden so unübersehbar, wie damals die jungen Rolling Stones ... Ja! Das trifft es.«

»Boah! Haste Worte! Wenn das keine sensationelle Prophezeiung ist, dann weiß ich auch nicht«, flüsterte Tim Arnold, Scarletts Vater verheißungsvoll Tina zu, die neben ihm saß.

Wie gewöhnlich lässig in Blue-Jeans und schwarzer Lederjacke gekleidet, pochte Tims Herz plötzlich bis zum Hals. Er als ehemaliger Rockmusiker mit viel Erfahrung in der Musikszene, erkannte sofort, dass dies keine leeren Worte waren.

»Ich kann Ihnen allen wirklich versichern, Sie müssen sich um NULL KOMMA NICHTS kümmern. Wirklich um nichts, außer darum, eine Reisetasche zu packen. Ich mache Ihnen folgenden Vorschlag: Ich besorge selbstverständlich auf meine Kosten alle Bahnkarten, kümmere mich um die Hotelübernachtungen im Steigenberger Hotel am Los Angeles Platz - für die Girlband, genauso für alle Angehörigen, die gerne mit nach Berlin möchten. Und praktischerweise ist dort mein Büro gleich um die Ecke«. Marcella lächelte, und hatte ein gutes Gefühl, dass man ihr Angebot wertschätzte.

Wann um alles in der Welt bekommt man schon mal so eine außergewöhnliche Einladung. Es gab nichts, ja NULL KOMMA NICHTS, was dagegen sprach. Niemand äußerte irgendwelche Bedenken oder Einwände. Ganz im Gegenteil, es gab quasi nichts zu verlieren! Und freie Zeit, um am Montag für drei Tage nach Berlin zu reisen, obendrauf noch kostenfrei, hatten tatsächlich fast alle Anwesenden.

»Also abgemacht! Montag starten wir gemeinsam nach Berlin. Ich werde bis Freitag in Berlin sein, Samstag fliege ich für vier Tage nach London zu einzigartigen Aufnahmen in den legendären Abbey Road Studios. Darum würde es mich sehr freuen, wenn *Sie* alle, als meine Gäste bis Donnerstag bleiben würden und ich persönlich, Ihnen einiges Sehenswertes von Berlin zeigen könnte«, sagte Marcella einladend.

Mittlerweile war es wirklich allen klar geworden, Marcellas professionelles Vorhaben war alles, nur nicht an den Haaren herbeigezogen. Zudem verhielt sich Marcella überaus liebenswürdig und aufmerksam. Jede Frage wurde von ihr aufrichtig beantwortet, jeder Zweifel ausgeräumt. Somit konnte Lillie gar nicht anders, als Marcella auf den nächsten Tag ins Clubheim zum Mittagessen einzuladen.

»Na dann nehmen Sie mal' nen kräftigen Schluck Bier in den Mund, sonst staubt es so beim Sprechen. Sehr zum Wohlsein!«, sagte Estelle launig und nickte dem durstigen Festbesucher zu, der sich gerade ein frisch gezapftes Bier gönnte.

Estelle stand an ihrem Lieblingsplatz hinter der Theke, und zapfte seit gut zwei Stunden im Akkord frisches Bier. Und am Thekeneck, an seinem Stammplatz, stand Stefan der Vorsitzende der Gartenfreunde und trank genüsslich ein wohlverdientes Bier.

Lillies resolute Mutter Estelle, eine gebürtige Französin, ist schon zeitlebens eine Gastwirtin. Estelle brauchte keine großen Reisen und keinen teuren Schmuck, ihr Luxus ist es, eine gesellige Gastgeberin zu sein, und in fröhlicher Runde mit Menschen zusammen zu sein. So hilft sie fast täglich zuverlässig im Clubheim mit, und unterstützt Lillie. Man kann wirklich behaupten: Estelle ist bei den Gästen äußerst beliebt. Sie ist keine kauzige Mahnerin, vielmehr ein sympathisches Schlitzohr, eine weise ältere Dame, die immer ehrlich sagt was sie denkt, gespickt mit Ironie und Witz und viel Lebenserfahrung. Nach einem üblen Sturz im vorigen Jahr, bei dem sich Estelle drei Zehen gebrochen hatte, bestand Lillie darauf, dass ihre Mutter in Zukunft nicht mehr alleine in ihrer Wohnung am anderen Ortsende wohnen sollte, sondern von nun an mit ihr zusammen in ihrem kleinen Bauernhaus. Schließlich standen im oberen Stock ohnehin zwei Zimmer leer. Und sicher war sicher. Jedoch ein echtes Geheimnis machte Estelle von jeher um ihr wahres Alter. Dafür gab es einen tiefsinnigen Grund. Damals, als sie Lillie geboren hatte, war sie ledig, und noch nicht einmal fünfzehn Jahre. Eine große Schande war das zur damaligen Zeit. Aber dies war alles lange her, und natürlich wusste Lillie als einzige, den genauen Geburtstag ihrer Mutter.

»Ach herrje! Heute ist wieder so ein Tag, der dürfte eigentlich nie vergehen! Ein weiterer Tag der mir zeigt: *Ich* habe alles richtig gemacht in meinem Leben! In meinem ganzen Leben wollte ich nie etwas anderes sein als Gastgeberin. - Am glücklichsten sind die Menschen bei Musik und Wein! Es gibt nichts Schöneres auf der Welt, als Menschen um sich zu haben, die fröhlich und gutgelaunt sind. Das ist Fakt! Darum ist es nur richtig, wenn die Mädchen das tun, was sie wirklich tun wollen«, sagte Estelle froh gelaunt zu Stefan.
Die beiden verstanden sich von jeher tadellos. Stefan, der aus gesundheitlichen Gründen Frührentner ist, und alleine lebt, war froh, das

ganze Jahr über hier regelmäßig gebraucht zu werden. Die vollen braunen Haare schien er selten zu kämmen oder zu bürsten, und seine Art, hatte etwas von einer gutmütigen Dogge. Jeder im Gartenverein schätzte Stefans ehrenamtliche Hilfsbereitschaft. Nicht nur, dass er quasi der Hausmeister vom Dienst war, hier hatte er seinen Lebensmittelpunkt und einige Gartenfreunde nannte er seine Familie. An Estelle schätzte er besonders ihre Ehrlichkeit. Brauchte Stefan mal einen guten Rat, fragte er Estelle. Sie war immer eine vertrauensvolle Gesprächspartnerin. Er wusste, ihr kann man alles anvertrauen. Und etwas auszuplaudern war so gar nicht ihr Ding. So manches Mal hörte sie in nur zwei Stunden eine ganze Lebensgeschichte. Ihr erzählte man Dinge, die zuhause oftmals nicht einmal die Ehefrau wusste. Doch Estelle konnte schweigen wie ein Grab.

Vom Festtrubel draußen ging Lillie flott ins Clubheim zurück und gesellte sich zu ihrer Mutter. Ihr musste sie jetzt dringend erzählen, was sich vor wenigen Minuten Unglaubliches zugetragen hatte.
Estelle, nichtsahnend, wusste den Blick ihrer Tochter recht gut einzuschätzen. Sie sah es ihr an, es musste etwas brennend Wichtiges sein, was Lillie ihr gleich zu erzählen hatte.

»Mutter! Du wirst es nicht glauben! Für unsere Girlband interessiert sich ernsthaft eine hier zufällig anwesende, seeeehr bekannte Musikmanagerin aus Berlin!«

»WHAT YOU SAY! Was geht hier ab? Wer? Eine bekannte Musikmanagerin! Mmmh ... Töchterchen, bist du dir da sicher?«, fragte Estelle auf ihre impulsive aber auch urige Art.

»Krass oder! Ich schwöre, das ist wirklich kein schlechter Scherz, auch kein schlechter Witz. Marcella Kronberger, so ihr Name - hat mich angesprochen, sich vorgestellt und im selben Atemzug sich brennend für unsere Girlband interessiert. Ich hab natürlich sofort reagiert und mit ihr, und den anderen, direkt nach dem Konzert einen Gesprächstermin festgemacht. Danach hab ich mich sofort auf dem Absatz umgedreht und habe mir erst einmal Celine geschnappt. Dann sind wir blitzschnell ins Büro gegangen und haben im Internet fix ihren Namen *„Marcella Kronberger"* gegoogelt. Anschließend waren sämtliche Zweifel ausgeräumt. Tja, und was soll ich sagen ... Dann war so was von Alarmstufe Rot angesagt! Sozusagen im Eilverfahren haben wir sofort die Mädchen, ihre Mütter und anwesenden Väter, also Steffi, Tina, Arno zusammengetrommelt. Alle zusammen saßen wir fünfundzwanzig Minuten um den runden Tisch im Büro. Und dann das unvorstellbare, vielversprechende Ergebnis, knapp eine halbe Stunde später ... Krass! Es ist fast nicht zu glauben!«

»Halleluja! Nun sag schon!« forderte Estelle inständig.

»Gleich kommenden Dienstag geht's nach Berlin! Gemeinsam mit den Mädchen und der Managerin. Celine, Tina, Steffi und meine Wenigkeit kommen natürlich auch mit. Marcella Kronberger hat uns allesamt nach Berlin eingeladen. Obendrauf, alles auf ihre Kosten! Was sagst du dazu! Schlagartig - scheint alles möglich!«, schwärmte Lillie aufgeregt.

»*SABBERLOT!*«, antwortete Estelle.

»Wie Recht du hast! Daraufhin brauche ich auf der Stelle, und am besten gleich, einen doppelten *Sabberlot!*«, forderte Lillie ihre Mutter indirekt auf, eine Runde von ihrem beliebten selbstgemachten Honigeierlikör einzuschenken. Estelle`s Steckenpferd war es, allerlei Köstlichkeiten selbst herzustellen. Darin war sie geübt. Der beliebte und delikate Honigeierlikör wurde von den Gästen als *unvergleichbar* bezeichnet. Nicht weniger geschätzt wurde auch ihr feiner Erdbeerschaumwein Namens „*LuckyLady*“. - Der Begriff „*Sabberlot*“, konnte durchaus verschieden ausgelegt werden, in diesem Fall bedeutete es: Ein höchstes Lob.

»Aaaaber Hallo! Das ist doch wirklich mindestens einen doppelten wert!«, tönte es aus Estelle freudvoll.

»Mindestens! Wenn das kein aufsehenerregender Karrierestart ist, dann weiß ich auch nicht! Jedenfalls werden unsere wunderbaren *Germany Girls* ihren Weg gehen ... und zwar in die absolut richtige Richtung!«, fügte Stefan überzeugt hinzu.

»Ich hab es ja bestimmt schon tausendmal gesagt, und sag es immer wieder: Das Leben selbst ist es, das die besten Geschichten schreibt. »Jawohl!«, ergänzte Estelle schmunzelnd.

Estelle machte eine halbe Drehung nach links, und nahm mit einem geübten Handgriff einige Schnapsgläser aus dem Regal. Glücklicherweise gab es wieder einen gebührenden Anlass einen auszugeben. Denn wie die meisten wussten, gab es zu besonderen Anlässen den cremigen Likör immer kostenfrei. Tatsächlich war es damals Stefan, der dem leckeren Honigeierlikör seinen verrückten Namen „Sabberlot" verpasst hatte. Estelle entschied sich davor aber schon für die Bezeichnung „Estelle`s Honigeierlikör". Darum standen auf dem Flaschenetikett nun eben beide Bezeichnungen. „Sabberlot" aber deutlich größer.

Die Herstellung begrenzte Estelle bisher hauptsächlich auf den Eigenbedarf. Zum einen für die Gäste im Clubheim, zum anderen als Geschenk für gute Freunde. Ohnehin ist Estelle eine großzügige Person, jedoch hätte sie gut und gerne ihren Likör locker kartonweise verkaufen können. Noch gab es das Edelwässerchen nur bei Estelle persönlich. Doch derzeit war sie in Kontakt mit der „Fessler Mühle Destillerie" in Sersheim. Die Brennerei war seit Generationen bekannt für ausgezeichnete Spirituosen. Nächste Woche entschied es sich, dort nach Original-Rezept ihren feinen Honigeierlikör in größeren Mengen für den Verkauf herstellen zu lassen.

Die Seniorin hatte ein großes Herz. So war es auch nicht verwunderlich, dass sie heute die Girlband noch vor ihrem ersten Live-Auftritt beschenkte.

Quasi als Talisman, auch zum Andenken an diesen Tag, übergab Estelle Soraya, Scarlett, Illie und Ina jeweils eine goldene Kette mit einem extravaganten Feuerherz-Anhänger, mit einem kleinen Diamanten. Exakt das Feuerherz, das das Logo der *Germany Girls* darstellt. Darum kam Estelle auf die Idee, viermal das Feuerherz-Logo als exklusiven Kettenanhänger von einer befreundeten Goldschmiedin herstellen zu lassen. Die Freude der Mädchen war natürlich immens. Außerdem hatte es etwas ehrenhaftes. Voller Freude bedankten sich die Mädchen bei Estelle mit einer herzlichen Umarmung. Eines allerdings vermieden die Mädchen: Estelle als Oma anzusprechen. Wenn Estelle auch Sorayas Uroma war, genannt werden wollte sie so keinesfalls. Sie bestand strengstens darauf: Ausnahmslos und von jedem mit ihrem Vornamen angesprochen zu werden. - Lillie, Stefan und Estelle prosteten sich zu und strahlten übers ganze Gesicht.

»Also mal ganz ehrlich: *So ein Tag, so wunderschön wie heute ... So ein Tag, der dürfte nie vergehn*«, begann Stefan fröhlich ein Volkslied zu singen.

»So ein Tag wie dieser, mit einer so besonderen Fügung, der wird uns für immer im Gedächtnis bleiben«, erwiderte Lillie.

»Ja, die Musikmanagerin ist ein gutes Omen, aber die Mädchen werden so oder so, garantiert nicht mehr zu stoppen sein! Schließlich erkennt doch jeder Blinde, wie mitreißend und leidenschaftlich die Mädchen Musik machen ... sie haben das Zeug, die Herzen von Jung und Alt, und ganz egal wo zu erobern«, sagte Estelle voller Überzeugung.

»Bin ganz deiner Meinung Estelle! Aber, es ist insbesondere unsere Lillie, die wirklich alles richtig gemacht hat. - Liebe Lillie, du hast nicht nur sofort das Talent der Mädchen erkannt, sondern du hast die Girlband gefördert, wo es nur ging. Und eine sehr gute Idee war es auch, die gute Frau Managerin morgen zu einem schmackhaften Essen einzuladen. Dabei bietet sich optimal die Gelegenheit, sich ganz nebenbei ein Bild von ihrer künstlerischen Professionalität zu machen«, kommentierte Stefan auf seine respektvolle Art.

»So, und jetzt gebe ich einen aus! Es gibt für *alle* ein Freilikörchen! Jetzt aber dallidalli Sabberlot!«, rief die Seniorin lauthals.
Estelle musste ihre Aufforderung nicht wiederholen, sogleich bildete sich eine größere vergnügliche Menschenschar rund um die Theke. Die dreißig kleinen Schnapsgläschen aus dem Gläserregal reichten nicht aus, doch im unteren Thekenschrank gab es einen großen Vorrat an Gläserkartons. Nun kamen zum allerersten Mal, restlos alle Schnapsgläser zum Einsatz. Zwischenzeitlich waren auch Soraya, Scarlett, Illie, Ina, etliche Freunde und Bekannte sowie Verwandte an die Theke gekommen.

»Liebe Gäste! Heute ist so ein Tag, den wir alle sicherlich nicht vergessen werden. Darum ist es mir ein Bedürfnis, zur Freude des Tages, unbedingt mit euch, auf unsere fabelhaften *Germany Girls* anzustoßen! Wir wollen ihnen alles Glück wünschen. Auf dass *Ihnen* der große Traum von der Musik - Flügel verleiht. Ja! Die Welt gehört den Begeisterten, die ihren Traum verwirklichen. Prost allerseits!«, rief Estelle in vergnügter Stimmung.

Alles an diesem Tag war bestens gelungen. Das zauberte Estelle ihr markantes spitzbübisches Lächeln ins Gesicht. Und ihr schulterlanges feuerrotes Haar, saß wie immer perfekt. Dass es eine von ihren sieben Echthaarperücken war, ahnte niemand. Diesen Trick hatte sie sich bei Tina Turner der Queen of Rock`n`Roll abgeschaut. Ihrer Lieblingssängerin seit fünf Jahrzehnten.

Vier Träume werden wahr!

Am nächsten Tag wachte Soraya als erste auf. Die vier Girls hatten mal wieder gemeinsam bei Illie übernachtet. Da Illie im großen Bauernhaus ihrer Eltern ihre eigene Einliegerwohnung bewohnte, war dafür genügend Platz. Nachdem Sorayas Handy zum wiederholten Mal Signalgeräusche gemacht hatte, wachte eine nach der anderen daran auf.

»Sorry - ich wollte mein Handy noch lautlos stellen, muss dann aber wohl vorher eingeschlafen sein«, sagte sie verschlafen.

»Es ist gleich halb zehn. Das passt schon ... «, antwortete Illie putzmunter.

»Leute, Leute. Ich kann es immer noch nicht glauben ... plötzlich ist da jemand, der felsenfest von unserem Talent überzeugt ist, und uns sogar groß herausbringen will«, sagte Scarlett hellwach, die, wie die anderen, noch bis zum Hals zugedeckt im Bett lag.

»One, two, three, four ... *Whatever you want, whatever you like, whatever you say ...*« begann Soraya rhythmisch zu singen. Die anderen drei schnippten sofort mit den Fingern den Takt, und sangen den Text mit.

»Das ist ein echt cooler Rocksong. Vor allem, er geht mir einfach nicht mehr aus dem Kopf«, bemerkte Soraya immer noch in einem rhythmischen Ton, und gleichzeitig mit dem Kopf auf und ab nickend.

»Jaaa! Der Song rockt aber wirklich, so was von! Eigentlich für uns ein *Must have*«, sagte Scarlett schon fast fordernd.

»Ok. Hab verstanden. Das heißt: Wir versuchen den Song gleich nachher«, kommentierte Soraya mit einem frohen Lächeln im Gesicht.

»Yes!«, kam die Reaktion einstimmig.

Die Mädchen waren weder hungrig, noch wollten sie ein üppiges Frühstück. Eine nach der anderen ging nun ins Bad, um sich zurecht zu machen. Danach war eine Tasse heiße Schokolade ausreichend und genau das richtige. Während die Mädchen gemeinsam um den kleinen runden Tisch saßen, und genüsslich ihre heiße Schokolade tranken, liefen die Drähte heiß. Jede bediente ihr Handy nebenbei.

»Hey - Basti schreibt mir gerade. Er könnte mit Lasse schon um zwölf anstatt um vierzehn Uhr da sein«, teilte Soraya den anderen mit.

»Es ist ja schon halb zwölf. Na dann wird's Zeit! Lasst uns zum Clubheim gehen«, sagte Illie.

»Genau. Echt genial. Heute haben wir den ganzen Tag Zeit um zu proben ... Außer um dreizehn Uhr. Da ist Treffpunkt zum Mittagessen, und anschließend die zweite Besprechung mit Frau Kronberger«, erinnerte Scarlett.

»Guten Morgen verehrte *„Germany Girls"*, und sensationelle Teenie-Stars mit erstaunlichem Potenzial! Das steht hier so geschrieben. Und es ist die Überschrift. Halleluja! Ihr habt es auf die Titelseite geschafft!«, begrüßte Steffi Kessler, Illies Mutter, die Mädchen überschwänglich. Dabei wedelte sie mit der heutigen „Pforzheimer Zeitung", die sie in ihrer rechten Hand festhielt. Die Mädchen schauten Steffi erstaunt und still an. Steffi ließ es sich nicht nehmen, und las nun klar und deutlich vor was auf der Titelseite stand ... *»Die Newcomer lieferten eine bravouröse Show. Präsentierten ihre Musik - und wie! Das Repertoire größtenteils aus Eigenkompositionen, Klassikern und Covers. Jedes einzelne Stück spielten die Germany Girls leidenschaftlich, und durchgehend bemerkenswert mitreisend. Kurzum, das Publikum bekam eine bombastische Liveshow, und dafür gab es am Ende zu Recht einen tosen-*

den Applaus - besonders für die Sängerin, die durchweg so beseelt gesungen hatte«. »Jedes Wort steht hier so geschrieben! Sensationelle Teenie-Stars mit erstaunlich viel Potenzial!«

»Was für eine rühmenswerte Schlagzeile über euch«, sagte Steffi nahezu ergriffen. Natürlich hatte man auf eine positive Kritik gehofft, doch diese Schlagzeile war schlichtweg der Hammer.

»Oh Wow! Ich muss diesen Bericht haben!«

»Oh mein Gott, ich auch!«

»Und ich! Mega! Mega! Mega!«

»Wir müssen jetzt zuerst auf dem schnellsten Weg vier weitere Exemplare von der PZ besorgen! Diese Titelseite werde ich mir ausschneiden und einrahmen. Und dann an einen ganz besonderen Platz hängen«, sagte Soraya völlig hin und weg.

»Immer mit der Ruhe Mädels. Schon längst erledigt. Ich bin heut Morgen gleich zurück an den Kiosk gerast, und hab noch mal zehn Exemplare gekauft!«, antwortete Steffi und konnte sich ein Schmunzeln nicht verkneifen.

»Yeeeeah!«, kam es wie aus der Pistole geschossen im Chor.

Eine Stunde später fuhr Steffi die Mädchen mit ihrem alten dunkelroten Mercedes Benz Baujahr 1988 zum Clubheim. Sie selbst musste zum Hof zurück. Dafür würden sie und ihr Mann Arno nachher beim gemeinsamen Mittagessen dabei sein.

Lillie hatte bereits am frühen Morgen einen großen Topf Kartoffeln aufgesetzt. Für sie als Frühaufsteherin war es ein Genuss, in aller Ruhe, wenn alle noch schlafen, bereits alles für den Tag vorzubereiten. Heute musste es ein besonders delikates Essen sein. Schwäbischer Kartoffelsalat mit gerösteten Maultaschen. In wenigen Minuten, um elf Uhr, kam ihr Cheraldine zur Hilfe.

»Guten Morgen! Mmmh, wie fein es schon wieder aus deiner Küche duftet ... und dazu ein herrliches sonniges Sonntagswetter. Was will man mehr?«, begrüßte Cheraldine ihre Freundin.

»Hey! Guten Morgen liebe Cheraldine! Und beeilen müssen wir uns auch nicht. Ich war mal wieder früh auf den Beinen. - Treffpunkt ist um dreizehn Uhr. Ich habe sogar schon einen Apfelkuchen gebacken. Ja, meine Nacht war kurz. Ist auch kein Wunder. Die Vorstellung, dass die Mädchen wirklich berühmt und erfolgreich werden, was das wohl alles verändern wird...«, sagte Lillie mit nachdenklichem Unterton.

»Jaaa. Dann ändert sich alles. Dann werden wahrscheinlich andere Menschen vielleicht mehr Einfluss auf die Mädchen haben als wir. Aber es werden vier Träume wahr. Die Mädchen haben Träume, Talent und den Mut, sich mit ihrer Musik vom gängigen Klischee abzuheben, dafür werden sie belohnt werden. Sie werden das tun können, was sie glücklich macht. Und das ist es doch was zählt«, antwortete Cheraldine Lillie, die ihr mit einem leicht melancholischen Blick gegenüber stand.

»Du hast ja vollkommen Recht. Nun beginnt für jede ein neues Leben, und nichts und niemand wird sie aufhalten können«, antwortete Lillie nun wieder heiter.

»Einen wunderschönen Guten Morgen! Ich habe die Ehre und bringe vier *„Sensationelle Teenystars mit erstaunlich viel Potenzial"* und die Tageszeitung für euch. Ja, das ist die heutige Schlagzeile!«, begrüßte Steffi fidel gelaunt Lillie und Cheraldine und übergab ihnen die „Pforzheimer Zeitung".

»Hi Oma, Hi Cheraldine!«
»Guten Morgen!«
»Hallöchen!«
»Halli Hallo Steffi! Was - Wie - Wo - Was? Die heutige Schlagzeile ...«, Lillie nahm sich direkt die Zeitung.

»Omi - das musst du lesen. Das wird dir gefallen«, sagte Soraya zu Lillie und gab ihr einen
Kuss auf die Wange.

»So, und nun tauchen wir für die nächsten
Stunden unter und machen drei Dinge: Musik,
Musik und nochmals Musik«, sagte Illie be-
schwingt.

»Ach noch was, Basti und Lasse müssten
auch gleich eintrudeln. Cherie, Lucas und C.C.
kommen auch noch. Schick sie dann einfach
rüber zu uns. - Uuuund, deine Gäste werden
immer wieder gute Musik hören, ob sie wollen
oder nicht. Stören sollte uns möglichst niemand. Allerdings, zum Mittagessen kannst du
uns natürlich gerne rufen. Dankeschön«, gab
Soraya gut gelaunt die Anweisung an ihre Oma.

»Alles klar! Na dann, haut rein! Es ist nämlich viel zu ruhig hier. Und was mich betrifft,
du weißt, ich stehe auf gute Musik!«, antwortete Lillie ihrer Enkelin grinsend.

»Hi everybody! Da sind wir wieder«, platz-
ten Lucas und C.C. locker in den Proberaum.
Wenn man es auf Anhieb auch nicht gleich erkannte, Cecile kurz C.C. genannt ist ein Mädchen. Ihre burschikose Art ist für die anderen
aber ganz normal. Auch C.C. gehört seit der
Kindergartenzeit als zuverlässige Freundin
fest zur Clique. Ihr wichtigstes Hobby ist es, so

oft wie möglich Party zu machen. Und Lucas, Bastis Bruder, war nunmehr für die Band der eigene Film- und Hausfotograf. Die beiden hatten sich gerade auf das alte rote Ledersofa gesetzt, da kamen auch Basti und Lasse herein. Beide bepackt mit vollen Taschen. Wie immer begrüßten die beiden zuerst die Girlband, jeweils mit einer kurzen Umarmung. Dann gingen sie kurz zu ihrem Stammplatz, dem gelben Ledersofa, das gegenüber dem roten Ledersofa stand, und stellten ihre Taschen ab. Zwischen den Sofas gab es einen quadratischen Ikea-Tisch mit verschiedenen alkoholfreien Getränkeflaschen. So hatte der Proberaum, der zu ihrem zweiten Wohnzimmer geworden war, ebenso eine relaxte Atmosphäre.

»Sagt mal wie krass ist das denn! Ihr fahrt morgen echt nach Berlin?«, fragte C.C. sofort lautstark und für alle unüberhörbar.

»Habt ihr schon abgecheckt ob die Managerin auch kein Fake ist?«, hinterfragte Lucas, der von Natur aus eher ein Skeptiker ist.

»Alles gut. Alles ok. Alles schon genauestens gecheckt. Heutzutage kann man ja sofort alles googeln. Unsere Mütter waren da sogar um einiges schneller als wir ...«, antwortete Ina lässig.

»Aber es ist schon mega craaazy! Beim allerersten Live-Auftritt entdeckt zu werden, ist schon ein echtes Ding! Einfach krass! Auch wenn uns das jemand voraus gesagt hätte, wir hätten kein einziges Wort geglaubt«, sagte Soraya glückstrahlend.

»Und das war natürlich auch der Grund, warum wir beide heute Nacht sehr wenig geschlafen, und viel mehr phantasiert haben. Stattdessen haben wir einen coolen Song geschrieben. *„We love"* heißt der Song. Soraya und ich haben zum Text eine Up-Dance Nummer im Kopf. Aber daran können wir nachher im Studio arbeiten ... «, erzählte Illie - wovon Scarlett und Ina in der Nacht nichts mitbekommen hatten.

»Wow! Bombe!«

»Wie geil ist das denn?«

»*We love* - Das kann nur „Great Beat" geworden sein!« sagte Ina begeistert.

»Oh, wie macht ihr das nur. Ihr werdet noch zu Genies! Ich bitte um eine Kostprobe ... «, forderte C.C. begeistert.

»Hey! „Great Beat" klingt gut! Da fallen mir doch gleich wieder neue Textzeilen ein«, sagte Illie verschmitzt.

Soraya hielt ihr gelbes Textbuch in der Hand. Sie blickte auf die Zeilen, dann begann sie rhythmisch a cappella, die erste Strophe zu singen ... »*You know, love is all we need, and we don`t need another hero ...* «

»Thank youuuu! So very cooool!«, bedankte sich C.C., und klatschte wie die anderen Beifall.

Die Reaktion auf die Hörprobe war einstimmig pure Begeisterung. Somit stellte sich die Frage erst gar nicht - der neue Song gehörte demnächst zum festen Programm.

»Wieder ein Song mit echter Textbotschaft! Es ist doch Jahre, wenn nicht sogar Jahrzehnte her das eine weibliche Band die Musikwelt dermaßen begeisterte. Ich sage euch, ihr werdet in der Welt überall Stadien füllen und mehrere Generationen von Musikfans vor der Bühne vereinen«, sagte Lasse völlig hingerissen.

»Hab nichts dagegen! Der Weg ist das Ziel. - Jetzt lasst uns aber endlich anfangen«, sagte Scarlett ungeduldig.

»Yes! Vier neue Songs sind es, die wir heute einstudieren müssen *Wild & Free , We love,* und *You don`t fool me* und überaus wichtig: *You`ll lose a good thing*«, legte Soraya den Tagesplan fest.

Damit sich der Chorus etwas fülliger gestalten soll, hatte Basti zur Verstärkung des Background-Gesangs, zwei weitere Mikrofone mitgebracht und gleich angeschlossen.

»Ich hab da auch noch was!«, meldete sich Lasse, und nahm einen Stapel Poster und Langspielplatten aus seiner blauen Sporttasche.

»Ein bisschen originelle Deko! Damit sich der Proberaum mehr und mehr zu einem echten Musikstudio entwickelt«.

»Hey! Perfekt! Und nächste Woche besorgt uns mein Dad zur Erweiterung unseres Equipments ein neues Mischpult! Und stimmt, „Studio" hört sich viel besser an als Proberaum«, sagte Ina, dann setzte sie sich hinter das Schlagzeug und legte los.

Die Mädchen begannen eifrig zu proben und augenblicklich war ihre pure Leidenschaft im Gange ... Nur Lucas, Bastis Bruder, machte einen irritierten Gesichtsausdruck. Er vermisste eine Person.

»Ähm, sagt mal kommt Cherie heute eigentlich nicht? Ich war der Meinung ... «, stöhnte Lucas enttäuscht. Doch Lucas hatte noch nicht zu Ende geredet, da klopfte es an die Tür und Cherie kam in den Proberaum.

»Hi Everybody!«, begrüßte Cherie, wie üblich, ihre Clique salopp. Lächelnd ging sie flott rüber zu C.C. und Lucas, dann setzte sie sich direkt neben ihn.

»Alles ok?«, fragte Lucas knapp. Unverzüglich änderte sich sein Gesichtsausdruck. Er blickte zwar schüchtern, aber wie zu erwarten war, strahlend in Cheries dunkelbraune Augen.

»Alles ganz wunderbar«, versicherte ihm Cherie leise. Die anderen verstanden natürlich Lucas Freude, und sie konnten sich daraufhin ein Schmunzeln nicht verdrücken. Freilich war dies Lucas nicht entgangen. Aber es war ok. Eigentlich war es doch längst kein Geheimnis mehr: Lucas hatte definitiv seit Wochen, ein Auge auf Cherie geworfen, aber andersrum, sie wohl nicht so auf ihn. Sie wollte noch lange keinen festen Freund. Andere Interessen hatten klar Vorrang. Wobei sich widersprach, dass Cherie schon auch mal gerne mit Lucas flirtete.

»One, two, three … One, two, three, four!«, nun legte die Girlband so richtig los.

»Wow! Wie cool! Ich bin total auf die neuen Songs gespannt. Gespannt wie ein Pfeil auf seinem Bogen … wird sicher mitten ins Herz gehen oder in die Beine«, flüsterte Cherie Lucas zu.

Die Mädchen waren rundum zufrieden. Die neuen Songs machten Laune, waren melodisch und mitreißend, und, sie passten bestens in ihr Repertoire. Eigentlich wollten sie die Jam-Session nicht unterbrechen, dennoch war es nach über zwei Stunden volle Power, so langsam an der Zeit, eine Pause einzulegen.

»Was für ein Glück! - Musik zu machen bedeutet mir mehr als alles andere«, platzte es aus Ina stürmisch heraus.

»100 Punkte für dich Ina«, lachte Scarlett.

»Darum gehts nachher auch gleich weiter«, sagte Illie bestens gelaunt.

»Aber jetzt, ist erst Mal lecker Mittagessen angesagt. In zehn Minuten ist Treffpunkt. Ich würde vorschlagen, wir machen heute bis 18 Uhr fleißig weiter. Danach steht Koffer packen auf dem Plan. Ich sag nur ... Auf nach Berlin!«, sagte Soraya fest entschlossen, und wandte sich an Lucas, C.C. und Cherie »Und ihr kommt natürlich mit zum Mittagessen«.

Genüsslich ließ sich Marcella das schmackhafte, heimatliche Essen schmecken. Seit sie damals Schönenberg für ihren geliebten Beruf verlassen hatte, kam sie leider nur noch selten zu Besuch. Und so eine besondere Hausmannskost gab es noch viel seltener. Sie nahm Nachschlag. Kalorienzählen war ohnehin nicht ihr Ding. Schließlich passte ihr seit ihrem achtzehnten Lebensjahr die Kleidergröße vierzig.

So fühlte sie sich wohl, so war es gut. - Auch die angenehme und familiäre Atmosphäre hier tat ihr gut, denn eine eigene Familie hatte sie nie gegründet, und einen Lebensgefährten gab es seit siebzehn Jahren auch keinen mehr.

»Recht herzlichen Dank für das köstliche Mittagessen. Ich hab es wirklich sehr genossen. Und ich hätte nichts dagegen wenn sich das ab und an mal wiederholt«, sagte Marcella lächelnd »Ja, aber auch ich war heute Vormittag fleißig. Ich habe für Berlin alles bestens organisiert. - Im Steigenberger Hotel, am Los Angeles Platz habe ich fünf komfortable Doppelzimmer gebucht! Bei der Deutschen Bahn ein Gruppen-Online-Ticket gekauft, etc. Also kann überhaupt nichts schief gehen«.

Marcella blieb auch nach dem Mittagessen noch eine Weile hier, denn die Einladung der Mädchen, doch noch eine Zeitlang mit rüber ins Studio zu kommen, war geradezu ein Muss.

Die Girlband brachte Marcella zum Staunen. Wie konnte eine so junge Band so ein enormes musikalisches Talent besitzen? Sie haben es einfach drauf, jeden Song, gehaltvoll zu interpretieren. *„Muuuusik im Bluuuut"* - Das ist es. Ja, das haben alle vier, dachte sich Marcella. Jedenfalls stand außer Frage, es war genau diese Band, die sie fortan managen wollte. -

»Wow! Woooow! Woher kennt ihr denn diesen himmlischen Oldie, bitteschön? Das allein sagt schon viel über euer Gefühl für die Musik aus. Dieser Song ist von der großartigen Barbara Lynn. Sie ist eine US-amerikanische Rhytm&Blues Sängerin, Gitarristin und Song-schreiberin. Achtzig, wird sie im nächsten Jahr, und sie lebt zum Glück noch. Lynn begann schon als Kind Klavier zu spielen, wechselte später aber zum Gitarrenspiel, das sie während ihrer gesamten Karriere linkshändig aus-übte. Bei ihren frühen öffentlichen Auftritten gewann sie mehrere Talentwettbewerbe. Als Jugendliche gründete sie eine Mädchenband, die sich *„Bobbie Lynn and Her Idols“* nannte, und sie begann ihre Karriere in lokalen Clubs … Kann man meine ich, sogar bei Wikipedia nachlesen«, sagte Marcella voller Bewunde-rung für den einstigen Star.

»Oh interessant. Muss ich echt mal lesen. Tatsächlich erkenne ich da Parallelen zu uns«, antwortete Illie aufmerksam.

»Ja mach das. Ooooh, und bitte tut mir ei-nen Gefallen, bevor ich gehe. Spielt noch ein-mal diesen Song *„You`ll lose a good thing“* für mich«, flehte Marcella förmlich um eine per-sönliche Zugabe.

Soraya hatte gespannt zugehört und fühlte sich sehr geehrt. Auch sie mochte diesen Song besonders gerne, das merkte man auch ihrem intensiven Gesang an. Also spielte die Girlband noch einmal *You`ll lose a good thing* ... nur dieses Mal mit fast zwei Minuten Überlänge.

Gerne wäre Marcella noch geblieben, aber Marcella hatte ihrem Bruder Pat versprochen, spätestens um siebzehn Uhr zurück zu sein.

Eine Stunde später war es im Studio gut für heute. Auch die Girls und ihre Begleitpersonen mussten sich noch für die Berlin-Reise vorbereiten. Und alle, alle freuten sich wie verrückt darauf!

Auf nach Berlin

Der Zug war pünktlich nach rund sechs Stunden Fahrt, zwei Minuten vor 13 Uhr, in den Berliner Bahnhof eingefahren.

Marcella hatte als Organisationstalent während der Zugfahrt bereits weitere wichtige Begegnungen professionell organisiert.

Draußen vor dem beachtlichen Bahnhofsgebäude, wartete bereits ein schwarzer Kleinbus mit Chauffeur auf Marcella und ihre Gäste. Marcellas langjährige Chauffeur, Herr Botts, hatte die Aufgabe, alle Fahrten der Gäste während ihres Aufenthalts zu übernehmen.

Der Kleinbus steuerte zuerst das Steigenberger Hotel an. Hier konnten Marcellas Gäste erst einmal einchecken, und in Ruhe ihre Zimmer beziehen, auch gerne einen Imbiss zu sich nehmen. Schon in zwei Stunden, um 15 Uhr, würde sie der Kleinbus wieder abholen. Dann ging es direkt zu Marcellas Agentur.

Das riesige Gebäude hatte mindestens zwanzig Stockwerke, und der Aufzug bot Platz um 16 Personen nach oben und wieder nach unten zu fahren. Die Fahrt nach oben war so leise und sanft, dass man es kaum bemerkte, als der Aufzug im achten Stock anhielt.

Gegenüber vom Fahrstuhlausstieg, in etwa vier Meter Entfernung, blickte man auf eine anthrazitfarbene Eingangstür, hier also war Marcellas Geschäftsbüro. Links neben der Tür befand sich eine Klingel und ein mittelgroßes Werbeschild in rot-schwarz-weißen Farben, auf dem stand: MK. Music & Publishing. Es war dasselbe Logo wie auf Marcellas Visitenkarten.

Marcellas persönliche Assistentin, Anita Bernhard, öffnete die Tür, und bat alle freundlich hereinzukommen. Die Geschäftsräume waren modern und hell und ohne viel Schnickschnack gestaltet, jedoch hingen an jeder Wand zahlreiche stilvolle Bilderrahmen. Jeder davon zeigte eine beeindruckende Fotografie, darauf man Marcella mit unterschiedlichen Stars und Sternchen sah.

Die *Germany Girls* betraten als erste das Büro. Nach ihnen die Familienmitglieder, die mitgereist waren. Per Handschlag begrüßte Marcella zuerst die Girlband, dann Lillie, Celine, Steffi und Tina. Tim, Scarletts Vater, wäre gerne mitgekommen, aber er hatte am nächsten Tag, am linken Fuß eine chirurgische OP im Krankenhaus. Diesen wichtigen Termin konnte er unmöglich absagen.

Nachdem Marcella ausführlich über die Planungen, sowie über die vielen Möglichkeiten, auch über die Entwicklung der Band geredet hatte, kam sie auf den deutschen Musikproduzenten Lenny Jürgens zu sprechen. In groben Zügen erzählte sie seine erfolgreiche Biografie. Sie erwähnte auszugsweise, was der 61-jährige in über drei Jahrzehnten in der Musikbranche bereits alles erreicht hatte. Dann verriet Marcella, dass sie ihn hierher eingeladen hatte. Wenn auch nur für einige Minuten, aber ihm wollte sie ihre neuen Schützlinge unbedingt vorstellen. Seine Meinung war ihr wichtig. Und natürlich hoffte sie im geheimen auf eine weitere Zusammenarbeit mit ihm. Er war einfach einer der besten in der Branche. Ja! Nicht nur Hierzulande war der Name Lenny Jürgens vielen ein Begriff.

Die Ansage von Marcella, dass einer der bekanntesten Musikproduzenten mit weltweiten Erfolgen ihnen, den noch ganz jungen *Newcomerinnen* gleich vorgestellt werden sollte, sorgte für eine noch größere Aufregung, wie sie es eh schon darstellte. Denn bisher wussten sie nur von einem Musikproduzenten, mehr nicht.

»Huuuh ist das aufregend!«, hauchte Soraya vor sich hin und versuchte cool zu bleiben.

Für alle war dieser Moment spannender, als jeder Krimi.

»Wenn er es schafft pünktlich zu sein, wird Lenny in 30 Minuten hier sein. Und keine Bange! Auch ein Lenny Jürgens ist ein ganz normaler Mensch«, heiterte Marcella die aufgeregten Mädchen etwas auf.

Aber auch unabhängig von Lenny stand für Marcella längst fest, sie wollte noch heute die Zusammenarbeit mit der Girlband für die nächsten drei Jahre endgültig besiegeln und die Verträge unterschrieben.

Mit nur sieben Minuten Verspätung traf Lenny Jürgens, gut gelaunt und eine flotte Melodie pfeifend, ein.

Wahrhaftig!

Scarlett und Soraya blinzelten sich zu, ließen sich aber ihre Aufregung keinesfalls anmerken. Ihre Vermutung war richtig gewesen. Tatsächlich erkannten beide sofort das Gesicht von Lenny Jürgens. Natürlich, er war eine sehr bekannte Persönlichkeit und immer mal wieder auch im Fernsehen zu sehen.

Außer einem freundlichen „Hallo", brachte vor lauter Ehrfurcht niemand der Anwesenden etwas über die Lippen. Aber dies fiel durch die herzliche und ausführliche Begrüßung zwischen Marcella und Lenny kaum auf. Die beiden waren sich sichtlich vertraut und sprachen augenblicklich das Thema an, um das ihr beiden Leben kreiste.

Lenny legte großen Wert darauf, dass geschäftliche Gespräche locker, jedoch ernsthaft, aber vor allem grundehrlich vonstatten gingen. Auch um dem Zusammentreffen die Nervosität zu nehmen, ließ Lenny Marcella ausreichend Zeit, um alles Nennenswerte anzusprechen.

Fast eine Stunde hatte Lenny nichts gesagt, nur aufmerksam zugehört, was Marcella, die Mädchen, und ihre Familienmitglieder zu sagen und zu fragen hatten. Zusätzlich hatte er sich auf dem Smartphone die Musikvideos der *Germany Girls* zeigen lassen. Akribisch genau hatte er die Musikvideos mit Argusaugen begutachtet. Danach stand seine Meinung fest. Nachdenklich schaute er rings um sich. Nacheinander blickte er jedem Mädchen in die Augen, dann sah er in die Augen ihrer Mütter. Freilich: Jetzt, hatte er so einiges zu sagen.

»Zunächst möchte ich etwas zur Band sagen: Ich habe euch heute nicht zum ersten Mal gesehen. Erst gestern hab ich mich gefragt, wie talentiert ist wohl eine Girlband, die so einen tollen Song wie „*Good Vibes*" fabriziert hat?«

Das Erstaunen darüber, was ihnen Lenny Jürgens gerade gesagt hatte, verschlug den Mädchen nun endgültig die Sprache. »*Er hatte sie nicht zum ersten Mal gesehen*«, waren seine ersten Worte. Das konnte ja crazy werden.

»Ja! Was ich gesehen habe ist eine punktgenaue Bühnenpräsenz! Hervorragend gut gemachte Musik mit markanten Gesangsdarbietungen. Man erkennt einen leichten Einfluss zum Glamrock. Das gefällt mir. Mir gefällt es, weil es wirklich gut gemacht ist. Und, Kompliment: Die atemberaubenden Outfits sind exzellent! Und in der Tat, eure Musikvideos auf eurem YouTube-Kanal sind visuelle Highlights! Also bei „*Be my* lover", blieb mir fast die Spucke weg. RESPEKT! Also trifft es auf euch mit Sicherheit zu: *A Star is born!* - Somit könnte die Schlagzeile lauten: *Sie sind jung. Sie sind wild. Sie sind talentiert. Sie sind selbstbewusst. Sie stehen für eine neue Generation von Musikerinnen. Stark ist auch: Sie kennen sehr wohl die Plattensammlung ihrer Eltern. Bei ihren Songs wie „Blues & Beat", „Fly with me", oder „Good Vibes" spielt das Quartett die Musik so lässig und souverän, als ob sie das alles neu erfunden hätten.* Ja! - Nun möchte ich aber noch kurz ein paar Worte zu Marcella sagen. Wenn Marcella Kronberger mich anruft, *Sie*, die unsere Branche wie aus dem „FF" kennt, dann, eure Songs kleine Juwelen nennt … Tja dann, dann weiß ich natürlich was ich zu tun habe … Aber nur wenn *Ihr* es auch wollt. Ernsthaft wollt«, wiederholte Lenny aufrichtig.

Jetzt ahnten die Mädchen endgültig, auch ihre Mütter, was er damit sagen wollte. Vor lauter Glücksseligkeiten hatten die Mädchen zwar gerade keine Worte, dafür ließen sie der Freude über die Einschätzung von Lenny einfach freien Lauf, und jubelten los wie echte Glückskinder.

Marcella sah Lenny lächelnd an, sie wusste einmal mehr hatten beide dieselbe Einschätzung und denselben Ehrgeiz, diese junge Talente, in jeder Hinsicht zu unterstützen.

»Wahrhaftig. Hier stimmt einfach die Melange dafür was einen guten Song ausmacht. Erstens: Eine Melodie, die in die Beine geht. Zweitens: Ein Text, der ins Herz geht. Drittens: Die einzigartige passende Interpretation dazu. Aber natürlich … Dann ist da noch das zauberhafte optische Erscheinungsbild. Also mehr geht wirklich nicht«, schmunzelte Marcella. Lenny nickt ihr zustimmend zu.

»Ihr Lieben - Ich bitte um eine zehnminütige Pause. Ich muss noch ganz kurz mit Marcella unter vier Augen sprechen«, verkündete Lenny spontan. Die unerwartete Pause kam allerdings sehr passend. So konnte, wer musste, zur Toilette. Und das waren alle.

»Liebe, geschätzte Frau Musikmanagerin, du kennst mich zwischenzeitlich sehr gut, vielleicht sogar besser, als meine Eltern. Zumindest wenn es um die Musikbranche geht. Darum weißt du auch längst, wie ich mich entschieden habe. - Eigentlich habe ich zurzeit wirklich genug um die Ohren, und meine freie Zeit ist knapp bemessen. Aber ich wäre mit Sicherheit der dümmste Musikproduzent der Welt, wenn ich diese Zusammenarbeit ablehnen würde. Großartige Talente sind immer ein Glücksfall. Es macht immer Sinn sie zu fördern. Außerdem ist es genau das, was mich ja seit Jahrzehnten selbst so glücklich macht«, sagte Lenny.

»Oh, Lenny mach es kurz. Sag mir deine Meinung zu Wundern wie diesen. Bist du dabei?«, fragte Marcella nun ziemlich ungeduldig.

»Yeeees! Oder glaubst du etwa ich habe Lust darauf, dass mir vielleicht schon morgen ein anderer Produzent diese supercoole Girlband vor der Nase wegschnappt? Aber - Apropos Wunder. Ich glaube an: Auftrag Weltruhm«, sagte Lenny klarsichtig.

Marcella hatte „seine" Zusage! Sie freute sich riesig auf die künftige Zusammenarbeit. Diese kurze Pause wird für immer ein unvergesslicher Augenblick bleiben, dachte sich Marcella. Jetzt konnte sie direkt nach der Pause die positive Entscheidung verkünden. Ab diesem Moment würden viele Träume wahr werden.

»JIPPIE! JACKPOT!«, entfuhr es Lillie lauthals. Sie konnte ihre Freude jetzt wirklich nicht zurückhalten. Sie tanzte im nächsten Moment völlig enthemmt ein Freudentänzchen. Alle, die aus Schönenberg angereist waren, taten es Lillie nach und ließen ihrer überschwänglichen Freude ebenso freien Lauf. Dieser Augenblick war aber auch ein echter Meilenstein.

Ja, es kam so, wie Marcella es sich gewünscht hatte. Lenny hatte anderen Produzenten einiges voraus. Er war nicht nur einfach ein Geschäftsmann. Er besaß vor allem ein sehr feines, kommerzielles Gehör und Gespür für Songs, die durch die Decke gehen. Auch wenn ihn vielleicht nicht alle mochten, die Liste an Weltstars, mit denen er schon zusammengearbeitet hat, war lang. So ist er neben Frank Farian schon immer einer der besten Produzenten und Komponisten Deutschlands.

Ab sofort waren Marcella und Lenny einmal mehr, und nach über vier Jahren wieder ein Team. Auf Lenny war Verlass, er war gradlinig, ehrlich, direkt und liebenswert, ja auch verlässlich und pflichtbewusst.

»Mein Glückwunsch gilt uns allen! Ich gratuliere uns allen zu einer immer währenden, konstruktiven und erfolgsgekrönten Zusammenarbeit!« Begeistert nahm Marcella zuerst die Mädchen, dann die anwesenden Eltern in ihre Arme. Es war wie ein Ritterschlag. Jeder wusste, dass diese Zusammenarbeit für die *Germany Girls* von größter Bedeutung war.

Das war einmalig! Lenny bot der Girlband direkt einen Plattenvertrag über drei Alben an. So etwas war längst üblich. Gleich einen Plattenvertrag über drei Alben abzuschließen, war nicht ohne Risiko. Zudem war es schon eine ganze Zeitlang her, dass Lenny sich auf der Stelle für eine Zusammenarbeit mit Newcomern entschlossen hatte. So etwas tat er nur, wenn er sich seiner Sache ganz sicher war, denn so ein Künstler-Exklusivvertrag, solche Verträge gab es heute in der Form nur noch selten.

Er bestand allerdings darauf, als Bedenkzeit auf sein Angebot, erst eine Nacht darüber zu schlafen.

Es war wie Magie. Was sich die Mädchen vorgestellt hatten, existierte jetzt.

Mit einem zufriedenen Blick auf die hip gestyl-
ten Mädchen, wusste Marcella welches Abenteuer nun beginnen wird. Umso wichtiger war
es, dass sich um die Girlband ein rundum starkes Team gebildet hatte. Nicht schlimm ... Wer
die *Germany Girls* noch nicht kannte, würde sie
bald kennenlernen. Und wahrscheinlich, sind
sie, sogar das Beste was mir jemals an Musikta-
lenten begegnet ist. »Zumindest steht zu hundert Prozent fest: Diese vier Mädchen werden
Geschichte schreiben«, sagte Marcella zwar
leise, aber restlos davon überzeugt.

Marcellas treue Assistentin, Anita Bernhard,
hatte mittlerweile die von ihr benötigten Infos
über die Girlband. Ab jetzt tat sie wie üblich ihr
bestes. Anita buchte per Telefon oder e-mail
fleißig unterschiedliche Termine. Und die ersten Anfragen gab es bereits. Anita wusste, dass
die Aussage *„A Star is born"* viel Arbeit bedeu-
tete. Marcella war eine gute und faire Chefin,
verlangte aber auch ebenso eine gute und zuverlässige Arbeit. Ganz nach dem Hermann
Hesse Zitat: *„Damit das Mögliche entsteht, muss
immer wieder das Unmögliche versucht werden".* Das nahm sich Anita, als ihre langjährige
und engste Mitarbeiterin, immer zu Herzen. So
hatte sie für alle hier Anwesenden, wie von
Marcella beauftragt, vorhin während der

zehnminütigen Pause, flink auf 19 Uhr, einen großen Tisch bei ihrem Lieblingsitaliener reserviert.

»Na, und was sagt das immer leicht kritische Auge von Frau Bernhard heute zu mir? Top oder Hot!«, fragte Marcella lächelnd mit einem aufrichtigen Blick ihre Assistentin.

»Echt jetzt? Beides natürlich! - Tja, wenn Meister Lenny sogar extra einen anderen Geschäftstermin absagt, um hier heute unbedingt dabei zu sein, dann weiß man ganz genau, dass es nicht um „pillepalle" geht«, antwortete Anita souverän ihrer Chefin. Marcella antwortete mit ihrem Blick, und nickte Anita zufrieden zu.

»Ach, du mir fällt noch ein... In der Pause hab ich kurz nach den Mails geschaut. Bei einigen hat es sich wohl schon herumgesprochen, dass du die Managerin der *Germany Girls* bist. Es gibt die ersten drei Terminanfragen. Die erste Anfrage kam von der Zeitschrift *InTouch,* die baten höflichst zeitnah um eine Exklusivstory«, sagte Anita, und begann damit ihre neue Aufgabe wie gewohnt, sehr gewissenhaft zu tätigen.

»Fein! Können wir machen. Die Fragen soll die Redaktion uns schon mal vorab zukommen lassen«, antwortete Marcella freundlich.

»Natürlich, wie immer. Allerdings, ich war noch nicht fertig. Da wäre die zweite Anfrage von der „*BRAVO*". Die bitten um ein Blitzinterview, möglichst in Verbindung eines Fotoshootings, damit so schnell wie möglich ein exklusives Poster im Heft anbei ist. Ich hab ihnen mitgeteilt, wir unterbreiten ihnen so schnell wie möglich einen Terminvorschlag«, sagte Anita schwungvoll. So, und drittens hat sich *RTL* gemeldet! ...

»Huiiii, diesmal ist RTL schneller als die *BILD-Zeitung*, aber natürlich bekommt jeder seinen Termin«, antwortete Marcella gut gelaunt, und hatte in ihrer Euphorie Anita kurzum das Wort abgeschnitten.

»So ist es. - Ähm, ja die Anfrage wäre für *Punkt12* bei Roberta Bieling«, ergänzte Anita.

»Ok. Das bedeutet drei Zusagen. Dann vereinbarst du die Termine, bitte der Reihenfolge nach, aber rückwärts. Also absolut zeitnah, zuerst mit *RTL*. Ich danke dir«, sagte Marcella dynamisch, und gab Anita als dankbares Zeichen den Daumen nach oben.

»Na dann können wir das beim Abendessen nachher gleich besprechen. Aber eigentlich könnten wir der *InTouch* auch gleich hier im Berlin-Büro am Alexanderplatz, noch vor der Heimreise der Girlband, einen kurzen Besuch abstatten. Wäre nur ein kurzer Anruf bei Frau

Antony, der Redakteurin. Was meinst du?«, schlug Anita vor.

»Jawohl. Wenn das Timing passt. Aaaah, das fängt doch alles ganz wunderbar an ...«. Marcellas Antwort kam ihr kess über die Lippen, weil sie wusste, ein kurzfristiger Termin bei der Redaktion, wäre zeitlich ohne große Umstände noch gut zu machen.

»Klasse! Und klasse finde ich übrigens auch, dass ich heute nicht mehr selber kochen muss«, sagte Anita vergnügt zu ihrer Chefin.

Im *Ristorante da Signorina* ging nach froher Plauderei, einem leckeren Essen und feinen Getränken, ein schöner Abend zu Ende. Der Chauffeur wartete draußen bereits seit 23 Uhr auf seine Fahrgäste. Jetzt, zehn Minuten vor Mitternacht, verließen diese, müde aber in bester Stimmung, das Restaurant.

Die individuelle Note macht´s

»Das Abenteuer geht weiter! Der Fahrer ist da!«, rief Illie den anderen im Frühstücksraum lauthals zu.

Wie verabredet fuhr der Chauffeur in nur 15 Minuten nach Wedding in die Fliederstraße Nummer 44 zu: *Music & Production L.J. GmbH.* Überpünktlich, kurz vor elf Uhr, hielt der Wagen vor einem imposanten, mehrstöckigen Gebäude. Neben der braunen, antiken Eingangstür standen Marcella und Lenny und unterhielten sich munter.

Es gab zwar einen Aufzug, aber den einen Stock nach unten, ging es über die Treppe schneller.

So riesengroß wie man vermutet hatte, waren die Räume nicht. Ein etwa 60 qm großes Tonstudio, ein etwas kleinerer Raum für Gesangsaufnahmen, ein Büro, eine kleine Küche, eine Damen und eine Herren-Toilette. Alles in allem knappe 140 qm groß. »Die Außenterrasse ist da nicht mitgezählt«, so Lennys Aussage.

Hier wurde also seit bald 30 Jahren Musik-
geschichte geschrieben. Allein schon die exzel-
lente Ausstattung machte deutlich, hier entstanden Kompositionen für die Ewigkeit.

Die zwanglose Jamsession machte irrsinni-
gen Spaß! Die *Germany Girls* unbändig begeistert von der Gelegenheit, hier in einem profes-
sionellen Tonstudio mit extrem hoher Qualität,
einige ihrer Songs zum Besten zu geben, fand
erst eine Unterbrechung, als Lenny hungrig
wurde, und um 14 Uhr anbot, für alle Mittagessen liefern zu lassen.

»Also ich brauche jetzt echt dringend was
zu beißen, mein Frühstück war ein mageres
Müsli. Also ich esse oft und gerne chinesisch.
Freilich auch, weil hier schräg gegenüber das
beste Chinarestaurant Berlins ist. Bei *Yang`s
Küche* kocht nämlich täglich die Chefin persönlich! Lasst uns eine Pause einlegen. Ich lade
euch ein! Hier, sucht euch aus was ihr haben
wollt«, sagte Lenny und verteilte mehrere
Speisekarten.

Die Mittagspause kam gerade recht, und das
Essen schmeckte wie angekündigt, spitzenmäßig lecker. Aber gleich im Anschluss wollten
die Mädchen wieder ins Tonstudio.

Weiterhin beflügelt von der stimulierenden
Atmosphäre im Studio, wollten die *Germany*

Girls die Jamsession unbedingt noch eine Weile fortzusetzen, ganz zur Freude von Marcella und Lenny. - Lillie, Celine, Steffi und Tina entschieden sich nach dem Essen, für einen Spaziergang durch die Straßen hier in Wedding.

Lenny erklärte ausführlich den Ablauf von Aufnahmen. Ebenso einiges rund um die stilistische Bandbreite der Technik in seinem Tonstudio. Dass dafür natürlich auch Studiomusiker und Backgroundgesang gebraucht werden, alles in allem, schon auch seine Kosten hat. Deswegen besteht er, für ein gutes Gelingen, stets auf eine professionelle Vorbereitung.

»Für uns alte Hasen aber, in einer leider allzu oft schnelllebigen Musikbranche, ist es immer wieder von neuem ein Freudenfest, so talentierten und außergewöhnlichen Künstlern, wie *Ihr* es seid, zu begegnen, um letztendlich mit besonderen, kompositorischen Ideen zusammen sensationelle Musik entstehen zu lassen. Ja das ist jedes Mal mein persönliches Highlight. Und genau das werden wir zusammen tun«, sagte Lenny sehr entspannt.

»Jawohl! Das ist es immer und immer wieder! Ich schließe mich deinen Worten ganz und gar an«, kommentierte Marcella mit einem freundlichen Lächeln im Gesicht.

Zwischenzeitlich waren Lillie und Celine, Steffi und Tina von ihrem weitläufigen Spaziergang beeindruckt, aber etwas erschöpft zurück. Ohnehin war die Jamsession gerade beendet, da für Lenny schon in einer Stunde, der nächste Termin anstand.

Die *Germany Girls* waren einfach nur beeindruckt und dankbar für alles, was ihnen heute gelehrt wurde. Es hatte etwas Märchenhaftes.

»Ich weiß nicht recht, ob euch wirklich bewusst ist, dass ihr kurz vor dem Durchbruch steht, darum wären da noch weitere Dinge zu erwähnen, die nun nach und nach folgen werden. Es wird so viel Neues auf euch zukommen, vor allem auch viel Arbeit. Auftritte quer durch Deutschland, genauso auch im Ausland. Plattenaufnahmen, Fotoshootings, Videoproduktionen, Interviews, Einladungen und, und, und. Noch sind die Honorare und Gagen bescheiden, aber ihr könnt euch sicher sein, das wird sich mit dem Erfolg enorm verändern«, sagte Marcella ohne Umschweife.

So aufmerksam wie in einer Schulstunde hörten die Mädchen und ihre Mütter, im Wechsel einmal Marcella und einmal Lenny, haargenau zu.

»Danke Marcella. Nun, dann können wir gemeinsam den nächsten großen Schritt besiegeln, und jetzt den Plattenvertrag unterzeichnen. Wollt ihr?«, wollte Lenny wissen, doch die Frage stellte sich natürlich als völlig überflüssig dar.

»OH MEIN GOTT!!!! Uns wäre ja nicht zu helfen, wenn nicht!«, sagte Soraya euphorisch. Sie nahm den Stift in die Hand, machte den Anfang, und unterzeichnete den Vertrag als Erste.

»BOMBEEEE!!!! Ich freu mich soooo wahnsinnig drauf! Ich kann es kaum noch abwarten, unser erstes Album aufzunehmen«, platzte es aus Illie heraus.

»Das wird so meeeegaaaa ...«, war gleichzeitig die Reaktion von Scarlett und Ina.

Reihum bekam der Vertrag nun jede benötigte Unterschrift. Zuerst unterschrieben die Mädchen, dann als Erziehungsberechtigte, ihre Mütter.

Nach der Vertragsunterzeichnung nahm Lennys Begeisterung ein weiteres Mal Fahrt auf.

»Was euch echt auszeichnet, ist die Leidenschaft, die ihr für die Musik mitbringt, denn die kann man hören. Außerdem hat jede ihre eigene Persönlichkeit. Soraya hat als Sängerin dazu noch etwas ganz Eigenwilliges, etwas das vielen fehlt! - Also wer in der Lage ist, solche Hammer-Covers hinzulegen, ist für mich jedenfalls mehr, als nur interessant. Mich beeindruckt vor allem euer moderner Sound, der an keiner Stelle Bass und Beat vermissen lässt. Mit wohldosierter Percussion schafft ihr es, Pop- und Rocksounds zu erzeugen, die sofort ins Tanzbein gehen und einfach Lust auf mehr machen ... Ja, die individuelle Note macht`s! Das ist natürlich in der Showbranche brillant! Der sanfte, wie der kräftige Gesang, harmonieren wirklich, ist schön zu hören und unverwechselbar. Besser geht's nicht!«

Lenny nickte selbstsicher und schaute dabei im Wechsel die Mädchen, dann Marcella an.

»Ja! Und ich gehe sogar noch einen Schritt weiter und sage euch denselben unglaublichen Hype voraus, den *Tokio Hotel* damals auslösten!«

»Wow! Was für eine Ansage!«, kommentierte Soraya so leise und verdutzt, dass nur Illie, die neben ihr stand, Sorayas Reaktion mitbekommen hatte.

Um es in einem Satz zu sagen: Lenny Jürgens war von der Girlband schon jetzt schlichtweg fasziniert, und wenn Lenny so begeistert über Newcomer urteilte, engagierte er diese schon mal vom Fleck weg. Was er heute auch ohne zu zögern getan hatte.

Zudem war es einfach spitzenmäßig, dass er mit Marcella erneut für ein super professionelles, und seriöses Team stand. Jede ihrer Zusammenarbeiten war bisher bestens gelungen.

Lenny hatte bereits den Kopf voller coolen Ideen, und spürte das Potential, das in den Mädchen steckte.

»Ganz richtig! Die individuelle Note macht`s! Aber gib es zu … Diese Weisheit hast du von mir«, antwortete Marcella verschmitzt.

»Ich denke, alles, was wir die nächsten Tage machen müssen, ist, das erste Album aufzunehmen! Mit zwölf eurer fabelhaften Songs! Songs die sowieso alle der Hammer sind! Weil das erste Album immer das wichtigste Album ist! Außerdem machen wir zum Album gleich parallel eine Fanbox mit drei zusätzlichen Songs drauf. Die Beilagen der Box könnt ihr selbst wählen. Zum Beispiel: Eine extravagante Kissenhülle, exklusive Fotokarten, ein Armbändchen, einem Button oder ein kleines Tagebuch darin. Und wie gesagt, mit drei weiteren Songs als Bonustracks!«, erklärte Lenny, der in Gedanken umgehend plante, und wie üblich, mit den allerbesten Ideen daherkam.

Nun konnte sich Soraya nicht mehr zurückhalten. Sie musste jetzt sagen, was gesagt werden muss.

»Hammer echt! Das alles ist für uns ein riesengroßer Glücksfall! Liebe Marcella, lieber Lenny, Sie werden die Zusammenarbeit mit uns niemals bereuen! Und Überhaupt: Wir wollen wirklich, dass es ein verdammt gutes Album wird! Aber wir denken auch, es könnte vielleicht ein Nummer-eins-Hit dabei sein!«, sagte Soraya überglücklich mit einem Lächeln, aber durchaus sehr selbstbewusst.

Marcella gratulierte der Girlband strahlend und herzlich zum Plattenvertrag.

Für heute war alles Wichtige erreicht. Lenny checkte auf dem Handy noch kurz seine Termine.

»So, für heute ist alles perfekt! Dann wünsche ich später einen erlebnisreichen Abend und empfehle zum Einkehren das Sony-Center und Umgebung. - Aaaah, ich sehe gerade, morgen ab 11 Uhr bin ich terminfrei. Ich wäre sowieso hier im Studio ... Hey, wie wär's, kommt doch morgen auf zwei drei Stunden zu einer weiteren Studio-Session vorbei«, sagte Lenny bestens gelaunt und nickte Marcella zu. Eine Einladung, die Marcella und die Mädchen, nur zu gerne annahmen.

»Yippie! Cooool! Yes! Supercool!«, antworten die Mädchen kurz und knapp, fast schon übermütig.

»Stark Lenny! Und da ich davon ausgehe, dass du dir noch heute Gedanken und Pläne über die nächsten Schritte machst, berücksichtige bitte: Konzerte können wir derzeit nur bedingt planen. Insofern gilt der Fokus zunächst dem Album, das wiederum könnte man schon bald den Medien präsentieren. Auch können die nächsten Musikvideos gedreht werden, und die Präsenz im Fernsehen nimmt auch schon Anlauf. - I like it! Jedenfalls bin ich mega happy, und freu ich mich jetzt schon mal ungemein auf eine echte Eruption im Musikbusiness!«, sagte Marcella eindringlich und bestens gelaunt. Auch weil sie wusste, mit dem besten Musikproduzent im Boot, konnte so gut wie nichts mehr schief gehen.

Auf Lennys Gesicht breitete sich ein zufriedenes Strahlen aus.

»"*Fly with me*" und „*Sexy Girl*" sind zwei eindrucksvolle Songs. Ich hab die jedenfalls ständig im Ohr. Sie vermitteln darin mit einem simplen Riff und einer griffigen Melodie, sehr universell ein Lebensgefühl von der heutigen Jugend. - Aber eins noch ... Kannst du mir vielleicht sagen: Wie beschreibt man am besten eine phänomenale Stimme? Mit Adjektiven wie weich, warm oder sanft geräuchert? Mit Bildern wie „Wie in Seidenpapier eingewickelt" oder „Wie ein Husky, der zu viel am Honigtopf geleckt hat"?«, fragte Lenny Marcella grübelnd.

Marcella konnte sich jetzt ein breites grinsen nicht verdrücken, nickte Lenny zu und antwortete überzeugend:

109

»Und ob ich das kann ... Als ich „*Fly with me*" und „*Sexy Girl*" zum ersten Mal gehört habe, habe ich genauso gedacht wie du. Außerdem bleibt der Sound von „*Sexy Girl*" sofort im Ohr hängen. Darum stehen die *Germany Girls* für „Große Stimmen und viel Zukunft", und genau deshalb wird die Karriere dieser einzigartigen Girlband nicht aufzuhalten sein«.

Am nächsten Morgen während man im Hotel gemeinsam frühstückte, war einzig die Musik das Gesprächsthema.

Die Mädchen sprachen über ihren persönlichen Musikstil, ihre eigenen Songs, auch über künftige Bühnenoutfits. Die wichtigste Entscheidung für den Moment war es, welche Songs man unbedingt auf ihrem ersten Album haben wollte.

Die Mädchen ließen ihr Bauchgefühl entscheiden, und selbstverständlich würde ihre Entscheidung, nachher in Lennys Studio durch und durch optimiert.

»Es ist ja kein Geheimnis, dass wir auch ältere Songs lieben und schätzen ... «

»Das ist auch gut so. Ja, dazu stehen wir ja auch, und gerade deshalb haben wir drei gigantische Oldies, die uns irre gut gefallen, zu unseren gemacht und ganz neu arrangiert«.

Soraya hatte noch nicht ausgeredet, da wurde sie von Scarlett unterbrochen.

»Ich liebe jeden unserer Songs! Und unsere Sam Cooke Coverversion *„Having a Party"* finde ich ganz besonders genial. Das Cover grooved gigantisch und geht hammermäßig in die Beine!«

»Aber so was von! Und ist echt auch sexy!«, kommentierte Ina vollkommen zustimmend.

»Jaaaa ich liebe diesen Song auch total! Aber echt genial sind auch unsere Versionen von „Be my lover" und „So long"!«, sagte Illie stolz und überaus überzeugt.

Schon zum dritten Mal brummte Scarletts Handy. Also musste es etwas Wichtiges sein. Sie nahm es in die Hand, strich über den Bildschirm und sah die Nachrichten von ihrem Papa Tim. »OP ist gut verlaufen ... Es geht schon wieder aufwärts! Und stell dir vor, ich habe gestern Abend auf Ebay einen alten Bus zu einem Top-Preis ersteigert! Jetzt bekommt ihr einen eigenen Tourbus! Stefan wird mir beim Umbau helfen ... Ist alles schon abgeklärt! Ich hoffe bei euch in Berlin ist alles top! Ganz liebe Grüße dein Daddy ... Grüße an alle - Bis Samstag!« Scarlett hatte die Nachrichten laut vorgelesen, was sofort eine riesige Begeisterung auslöste. Die Mädchen sprangen vor

Freude in die Luft. Diese wunderbare Nachricht passte ganz wunderbar zum Reiseverlauf.

Ja, dieser Tag begann ganz nach Marcellas Geschmack. Sie mochte es, wenn Künstler mit eigenen guten Ideen punkten konnten und für das, was sie umsetzen und erreichen wollten, brannten. Wenn sie selbst gar nicht so viel hinterfragen musste.
Zweifellos: Die Mädchen waren voller Ideen und Pläne. Marcella imponierte die Euphorie der Mädchen immens.
»Mmh ... Das ist wirklich alles Balsam für meine Seele. Klingt alles sehr sympathisch! Ja und jeder wird irgendwann feststellen, dass die Musik von früher, Menschen immer an ihre Jugend erinnert, deshalb vermittelt ihnen die Musik das Gefühl, gerade wenn es eine neue Version von einem früheren Hit gibt, noch immer das schöne Gefühl dazuzugehören. Alte Musik gehört stets zur neuen Musik. Sie ist grenzenlos, verbindet Menschen und macht sie froh, ob jung oder alt. Etwas Schöneres gibt es doch eigentlich gar nicht!«, sagte Marcella und machte den Mädchen ein großes Kompliment, für ihr allgemeines Verständnis zur Musik.

Die Studio-Session bei Lenny lief genauso lebhaft ab wie am Vortag, und die gut drei

Stunden dort, waren wie im Flug vergangen. Wieder spielten die Mädchen ihre Musik, und nutzten fortwährend jede Möglichkeit, Neues auszuprobieren.

Mit Vergnügen gaben Marcella und Lenny wiederum wichtige Erfahrungen an die Girlband weiter. Das alles empfanden die Mädchen als eine wertvolle und exquisite Lebensschule.

Am späten Abend vor der Heimreise saßen die Mädchen zusammen im Hotelzimmer. Einzig Berlin und die Erlebnisse waren das Thema. Jedoch, dass Scarlett schon den ganzen Tag scheinbar irgendetwas bedrückte, blieb nicht unbemerkt. Sie hatte sich ungewöhnlich zurückhaltend verhalten, und immer wieder sah man sie grübelnd dasitzen. Allmählich wurde es seltsam. Scarlett bekümmerte eindeutig ein Herzschmerz. Was konnte der Grund dafür sein? Eine wage Vermutung hatte Soraya zwar, mehr auch nicht. So eine irritierende Situation unter den Mädchen war neu.

Jedenfalls war es jetzt allemal besser, Scarlett direkt darauf anzusprechen, als weiter ungewiss in die Luft zu starren. Illie und Ina nickten Soraya zu, weil sie wussten, Soraya wollte das jetzt tun.

»Scarlett ... was ist passiert?«, fragte Soraya vorsichtig, aber direkt.

»Wir *Vier* sind, und bleiben *Eins*! Egal, was du uns jetzt sagen wirst«, ergänzte Illie flink. Zwanzig lange Sekunden war es mucksmäuschenstill. Auch das war eine Premiere. Noch nie, seit die Mädchen befreundet waren, wurde gemeinsam so lange geschwiegen.

»Sammy. Es ist wegen Sammy. Aber es ist aus und vorbei. Ich hab mal irgendwo gelesen, so etwas nennt man einen ... «, sagte Scarlett verschmitzt und zog dabei eine Augenbraue hoch und wollte eigentlich noch etwas sagen, wurde aber von Ina unterbrochen.

»Hot! One-Night-Stand«,

»Better! Two-Night-Stand«, korrigierte Scarlett geradeheraus neckisch.

Das war es also! Die normalste Sache der Welt war Schuld an ihrer bedrückten Stimmung. Sammy Nevada also war der Grund. Sammy hatte sich in Scarlett verliebt und Scarlett sich in Sammy. Einfach so, plötzlich und überraschend. Zum ersten Mal hatte sie sich Hals über Kopf verliebt. Das war Fakt und wohl eine unglückliche Situation.
Scarlett besitzt beileibe eine besondere Coolness und eine verführerische Aura. Mal be-

wusst, mal unbewusst zieht sie damit regelmäßig allerlei Jungs in ihren Bann.

Erst seit wenigen Wochen kannten sich
Scarlett und Sammy durch einen gemeinsamen
Schulfreund. Es war nicht viel, was Scarlett
über Sammy wusste, aber sie wusste, dass er
im Nachbarort wohnte, bereits ein Auto fährt
und mit über 3,5 Millionen Abonnenten einer
von Deutschlands erfolgreichsten TikTokern
ist und auf Instagram rund 300.000 Follower
hat.

Weil es doch nur eine kurze Geschichte zwischen ihnen war, war sich Scarlett nicht sicher,
ob sie den anderen überhaupt davon erzählen
sollte. Das erste Mal trafen sie sich zufällig. Das
zweite Mal war es eine Verabredung. Sammy
und Scarlett fuhren abends mit seinem Auto
durch die Landschaft, und beide Male passierte, was Verliebte leicht passiert. Sie ließen ihren Gefühlen freien Lauf und liebten sich in
seinem Auto. Obwohl beide im Voraus wussten, dass es keine feste Beziehung werden
kann. So war es auch irgendwie der Rede nicht
wert.
Doch jetzt, als Scarlett fünf Tage über der Zeit,
noch immer die Periode ausblieb, brach in ihr
Panik aus. Nun erzählte sie ihren ganzen Herzschmerz.

»Es ist einfach geschehen. Die natürlichste Sache der Welt ist über uns gekommen. Aber ich bin ja nicht doof. Er hat beides Mal ein Kondom benutzt, Ja, und es ging eigentlich auch nichts schief!«, erzählte Scarlett nun offen und ehrlich, und war auch sichtlich erleichtert darüber, was sie bis dahin bedrückte, nicht länger verheimlichen zu müssen.

»Mensch, und ich dachte schon du bekommst vielleicht kalte Füße. Jetzt wo doch alles für uns ins Rollen kommt«, sagte Illie mit großen Augen verwirrt.

»Aber darum geht es ja! Das ist doch auch alles was ich möchte! Ich, jetzt als junge Mama. Nein! Das wäre jetzt nie und nimmer der richtige Zeitpunkt!«

»Hey! Scarlett! Da fällt mir ein, du hast doch neulich selbst gesagt, dass deine Tage meistens unregelmäßig kommen«, sagte Ina beruhigend.

»Ja, das stimmt«, bestätigte Scarlett knapp.

Trotzdem schauten Scarletts Augen ziemlich verzweifelt um sich.

»Und jetzt habe ich unglaubliche Angst das ich schwanger bin. Bitte lieber Gott ... Doch nicht ausgerechnet jetzt! Das hat doch noch mindestens zehn Jahre Zeit«, schluchzte Scarlett.

Illie tat es furchtbar leid, wie schlecht es Scarlett gerade ging. Sie musste ihr dringend Mut machen.

»Nein keine Panik! Keine Panik! Du weißt es doch noch gar nicht Scarlett. Wer bekommt denn schon jedes Mal punktgenau seine Tage? Außerdem denk dran ... Wir halten immer zusammen! Immer! Komme was wolle!«

»So siiiieht`s aus!«, kommentierten gleichzeitig Soraya und Ina Illies aufmunternde Worte.

So sehr allen der Schreck im Magen lag, so sehr sprachen die Freundinnen uneingeschränkt Scarlett ihre ganze Unterstützung zu. Trotzdem blieb Scarlett beunruhigt.

Kopfschüttelnd blickte sie die anderen an. »Wir haben doch aufgepasst verdammt! Er hat verhütet. Beide Male. Ich bin doch nicht doof!«

Erst nach einigen Minuten und jede Menge Zuspruch, hatte sich die verzwickte Situation leicht entspannt. Doch jetzt musste schnell Gewissheit her und die ungewisse Vermutung verlässlich geklärt werden.

»Also nochmal, es gibt noch immer keinen Grund zur Panik! Wir kaufen morgen in der Apotheke einen Test. Und wie auch immer das Ergebnis sein wird, wir sind und bleiben die *Germany Girls*! Für alles gibt es eine Lösung«, sagte Soraya auf ihre sanfte, diplomatische Art und besänftigte weiter die Situation.

»Vielleicht klingt es naiv, aber ich habe mich von meinem Glücksgefühl einfach treiben lassen. Leichtsinnig oder nicht. Zwischen Sammy und mir entstand von der ersten Begegnung an irgend etwas Besonderes ...«, versuchte Scarlett sich zu erklären, was erneut, eindeutig dafür sprach, dass sie sich in Sammy verliebt hatte.

»Hey, du musst dich dafür nicht rechtfertigen. Ich bin mir zu hundert Prozent sicher: Alles wird gut«, entgegnete Illie empathisch.

Der Zusammenhalt der Mädchen war in diesem Moment das allerwichtigste überhaupt. Und natürlich würden alle vier schweigen wie ein Grab. Kein Mensch außer ihnen, würde nur ein Wort von den plötzlichen Sorgen erfahren. Ihre Zukunft als Girlband war nicht mehr zu stoppen! Und egal was auf Scarlett zukam, so oder so waren sie ein festes Band.

Der vierte Tag in Berlin begann mit einem ausgedehnten, gemeinsamen Frühstück. Es war unglaublich, wie schnell die Zeit hier verging, und jede Minute war aufregend gewesen. Jetzt war es 9.20 Uhr, und um 14.05 Uhr startete der Zug nach Schönenberg zurück, sofern die Abfahrt pünktlich vonstatten ging. Für heute war Freizeit angesagt. Die restlichen Stunden sollte es querbeet durch Berlin gehen, schließlich gab es hier noch so vieles zu entdecken.

Als die ersten mit dem Frühstück fertig waren, aber Ina und ihre Mutter Tina bereits zwanzig Minuten nach der verabredeten Zeit noch gar nicht im Frühstücksraum erschienen waren, war es an der Zeit, der Sache auf den Grund zu gehen. Irgendwie war dies seltsam komisch, und das Fehlen der beiden unüblich. Auch wusste niemand, weshalb sie noch nicht hier waren. Man hatte doch gleich nach dem Frühstück die Berlin-Tour auf dem Plan, und dafür noch nicht einmal mehr fünf Stunden restliche Zeit.

Auch nach weiteren fünf Minuten war niemand der beiden erschienen. Weder Ina, noch ihre Mutter.

Lillie kam dieses Verhalten jetzt echt sonderbar vor. Sie sah keinen Grund mehr länger zu warten und erklärte sich bereit, nach den beiden zu schauen. Doch plötzlich hatte Illie dringend etwas zu sagen.

»Moment bitte. Es ist ... Ja, da ist leider etwas vorgefallen«, begann Illie betrübt.

»Wie? Was? Was ist vorgefallen?«, fragte Soraya erschrocken nach. Oh nein, bitte nicht noch ein Problem - ging es ihr durch den Kopf.

»Ja. Nun, da Ina und ich gemeinsam im Doppelzimmer schlafen, habe ich heute Nacht alles mitbekommen...«

Sofort war es mucksmäuschen still geworden, denn jeder wollte nun schnellsten wissen, was passiert war.

»Es ist hoffentlich nichts Schlimmes. Sag, ist es etwas Schlimmes?«, fragte Scarlett mit versteinertem Gesicht.

»Ich sag mal, es ist heftig, sogar ziemlich heftig, und es passierte völlig unerwartet«

»Illie, sag schon was passiert ist!«, forderte Lillie.

»Inas Mutter hatte einen Rückfall! Einen schlimmen Rückfall!«, sagte Illie in einem traurigen Ton.

»Einen Rückfall? Was? Was für einen Rückfall?«, fragten völlig verdutzt die anderen.

Ahnungslos blickten alle zu Illie. Bisher war niemandem irgendetwas bekannt oder zu Ohren gekommen, dass mit Inas Mutter irgendetwas nicht stimmte.

»Inas Mutter ist trockene Alkoholikerin. Sie trank vier Jahre keinen Tropfen ... «

Die ungläubigen gegenseitigen Blicke bestätigten, dass davon tatsächlich niemand etwas geahnt oder gewusst hatte.

»Sie hatte einen verdammten Rückfall! Höchstwahrscheinlich einen richtig bitterbösen Rückfall«, ergriff Lillie das Wort. Sie wusste als langjährige Gastwirtin umgehend die Situation richtig einzuschätzen.

»Ja«, antwortete Illie nur knapp.

»Wir müssen ihr helfen! Wir müssen alles tun. Alles was wir tun können. Ihr keinen Vorwurf machen!«, kommentierte Soraya gefasst diese bittere Wahrheit.

»Du meine Güte! Warum ist das passiert?«, hinterfragte Celine mit traurigem Blick, und so leise das man ihre Worte gerade noch hören konnte.

»Soraya hat Recht! Vorerst sollte keiner von uns zum Vorfall irgendetwas hinterfragen. Eine Aussprache dazu wird es sicherlich zu einem anderen Zeitpunkt geben. Stimmt. Wir dürfen ihr auf gar keinen Fall einen Vorwurf machen, und deshalb gehe ich jetzt nach oben und versuche die beiden zu uns an den Frühstückstisch zu holen«, sagte Lillie und stand auf, um im nächsten Moment mit dem Aufzug nach oben in die vierte Etage zu fahren.

Tina Müller selbst, öffnete die Zimmertür, nachdem Lillie zuvor beherzt dreimal kräftig geklopft hatte.

»Guten Morgen Tina ...«, sagte Lillie freundlich.

»Hi! Sorry, ich weiß wir sind spät dran. Es ist alles im grünen Bereich ... Wir wollten uns gerade auf den Weg nach unten machen. Ich bin jetzt auch echt hungrig, und ich brauche erst mal einen starken Kaffee!«, sagte Tina als wäre alles in bester Ordnung. Sie war wie gewöhnlich tadellos gekleidet und geschminkt.

Lillie war innerlich sehr erleichtert, dass es im Moment wohl keine weiteren Komplikationen gab. Wenn auch klar war, der Vorfall musste zwar nicht heute, aber dennoch so bald als möglich angesprochen werden. Jedenfalls ging Lillie weder auf die Verspätung, noch auf das ein, was Illie vor wenigen Minuten erzählt hatte. Auch Ina hatte Lillie mit einem Lächeln und einem freundlichen „Guten Morgen" begrüßt. Ansonsten tat sie so, als ob nichts wäre.

Nur drei Minuten später waren Tina, Ina und Lillie bei den anderen im Frühstücksraum.

»Wir haben nicht verschlafen. Ich war gestern Abend nur ein bisschen feiern! - Guten Morgen zusammen!«, sagte Tina, als wäre alles wie immer.

Ina saß derweil schon bei ihren Freundinnen, und ließ sich auch weiterhin nichts anmerken. Aber sie war fest entschlossen, jetzt wo das Stichwort „Feiern" gefallen war, gleich morgen ihren Bandmitgliedern, sozusagen unter acht Augen, die Wahrheit zu erzählen. Die ganze Wahrheit über ihre Mutter. Schließlich handelte es sich nicht um ein Verbrechen, eher um etwas sehr Menschliches. Außerdem wusste Ina, dass Illie in der Nacht von dem Vorfall etwas mitbekommen hatte.

Gegen halb elf ging es gemeinsam, samt Marcella, vergnügt zu Fuß zum Kudamm, der vom Hotel aus, gleich um die Ecke war.

Für die Freunde zuhause, mussten noch unbedingt ein paar coole Souvenirs besorgt werden. Schon in der ersten Boutique verfielen die Mädchen in einen kurzen Kaufrausch. Zuerst erwarben sie für sich, vier Mal dasselbe T-Shirt mit einem großen Herz und dem Schriftzug BERLIN. Acht Mal das Wahrzeichen von Berlin, das „Brandenburger Tor", in Miniatur. Ina kaufte ein großes buntes Wandbild, worauf groß das „Brandenburger Tor" zu sehen war. Außerdem noch ein kleineres Wandbild, auf dem verschiedene Motive der Stadt zu sehen sind. Ina war der Ansicht, das große Bild soll im Musikstudio einen Ehrenplatz bekommen.

123

Illies Erkennungszeichen sind Herzen! Sie liebt sie in allen Varianten und Farben, und besitzt bereits über 200 Herzen, die in ihrem kleinen Wohnzimmer eine Wand zieren. Illie musste auch gar nicht lange suchen, zwei wunderschöne Herzen waren schnell gefunden. - Und Soraya konnte auf gar keinen Fall ohne eine neue Sonnenbrille nach Hause fahren. Zwar hatte sie keine 200 davon, aber immerhin über 50 Exemplare. In letzter Minute fand sie dann doch noch, ein sehr ausgefallenes Modell mit Spiegelgläsern.

Die Shoppingtour entpuppte sich als prächtige Attraktion. Die Mädchen hatten ihre wahre Freude und kamen aus dem Staunen nicht heraus. Abgesehen von den vielen Menschen und der besonderen Atmosphäre, waren alle beeindruckt von den unzähligen, modernen Läden auf dem weltberühmten Kudamm.

Plötzlich hielt quasi vor ihren Füßen und direkt vor einem Promi-Friseurgeschäft, eine schwarze Limousine mit rundum verdunkelten Fenstern. Man konnte es erahnen, dass darin wohl eine prominente Persönlichkeit chauffiert wurde.

Natürlich war dies ein sehr spannender Moment. Darum blieben die Mädchen einfach stehen, ließen sich ihre Neugier aber nicht anmerken. Sie taten einfach so, als würden sie sich für Waren im Schaufenster nebenan interessieren.

»Sarah! Das ist Sarah Engels!«, rief Scarlett verlegen.

»Sarah Engels! Ist das crazy! Ja! Jaaaa das ist Sarah!«, jubelte Ina.

»Wie abgefahren ist das denn! Da steigt noch eine andere Frau aus ... Ich glaube es ist Sarahs Mutter«, sagte Illie erstaunt.

So war es tatsächlich. Aus der Limousine stieg, nachdem der Chauffeur gentlemanlike die Autotür geöffnet hatte, niemand geringeres als *Sarah Engels*, und nach ihr ihre Mutter Sonja aus.

Sarah wurde nach ihrer Teilnahme bei DSDS 2011 rasend schnell erfolgreich. Längst war sie nicht nur in Deutschland, eine sehr beliebte und erfolgreiche Pop-Sängerin und Showstar. Sie hat aber auch eine echt tolle Stimme, und ist eine wahre Naturschönheit. Und immer sieht man sie gut gelaunt. Doch nach der Trennung von Pietro Lombardi, ging sie durch eine schwere Zeit, aber ihre Mama stand immer an ihrer Seite. Sie war stets Sarahs große Stütze und allerbeste Freundin. So auch heute.

Urplötzlich also, standen sich *Sarah Engels* und die *Germany Girls,* von Auge zu Auge gegenüber. Ganz ohne Stargehabe. Sarah machte keinen großen Wind um ihre Berühmtheit. Eher war sie darauf stolz, was sie bisher erreicht hatte. Und im nächsten Moment erkannte Sarah tatsächlich, wer die vier Mädchen sind.

»Saraaaah!«, platzte es aus Soraya. Die beiden standen sich jetzt gegenüber und lächelten sich an. Dann kam Marcella hinzu.

»Hey! Was ist denn das für ein toller Zufall! Ihr seid doch die *Germany Girls*! Stimmt's. - Hallo Marcella, wir sind vor einer Stunde angekommen. Nach dem Friseur geht's direkt zu Lenny. Sehen wir uns nachher noch?«, fragte Sarah Marcella auf ihre nette Art.

»Hi Sarah! Du kennst uns? Ämh, wir sind hier um die Aufnahmen unserer ersten Platte zu besprechen ...«, sprudelte es aus Scarlett aufgeregt heraus.

»Mega! Das ist ein supertolles Ereignis kann ich euch sagen! Oh! Die erste Platte ist immer etwas ganz besonderes! Daran kann ich mich noch sehr gut erinnern. Und wie ich sehe, habt ihr eine ganz tolle Managerin. Das kann nur gut werden ... Gratuliere schon mal!«, antwortete Sarah durch und durch kollegial gemeint.

Die Girlband, Marcella, Sarah und ihre Mutter standen noch weitere zwei, drei Minuten vor dem Friseurgeschäft und sprachen turbulent hin und her. Offensichtlich unterhielten sie sich sehr freudvoll. Aber die Zeit drängte. Sarah und ihre Mutter mussten sich verabschieden.

Es war kaum zu glauben. Gerade hatten Soraya und Sarah tatsächlich ihre Handynummern ausgetauscht.

»Meine Güte, was ist das für eine Stadt. Hier passieren einem ja sämtliche Wunder«, kommentierte Soraya völlig beeindruckt von den Erlebnissen in Berlin.

Einmal mehr stand fest: Die *Germany Girls* waren wieder zum richtigen Zeitpunkt am richtigen Ort. *Sarah Engels!* War das zu fassen?! Niemand, außer ihnen, schien *Sarah* erkannt zu haben. Niemand blieb stehen und wunderte sich, auch nicht über die schwarze Nobelkarosse, als wäre so etwas hier an der Tagesordnung. Jedenfalls bot Berlin an jeder Ecke etwas Besonderes.

Lillie, Tina, Celine und Steffi rieben sich noch immer die Augen, wenn auch mit einem kleinen Abstand. Aber was sich eben vor ihren Augen ereignet hatte, war einfach sensationell.

»Lecko mio! Das ist ja fast unglaublich! Ha! Ich wusste es doch. Um verrückte Dinge zu erleben, muss man nur nach Berlin kommen«, sagte Lillie schmunzelnd. Für Lillie war es bereits das vierte Mal, dass sie hier in Berlin war.

»Ja liebe Omi! Wie Recht du hattest! Berlin ist einfach großartig!«, sagte Soraya mindestens genauso begeistert von dieser zufälligen tollen Begegnung, wie Lillie selbst.

»Ich mag den Song „*Weekend*" von ihr … hab ihn direkt im Ohr. Und mich darf jetzt ruhig Mal jemand kneifen!«, kommentierte Celine belustigt diese Begegnung mit Sarah Engels.

»Mich darf man auch kneifen!«, sagte Ina.

»Und mich am besten gleich mehrmals!«, grinste Illie verschmitzt.

Niemals würde man diesen Berlinbesuch vergessen. Die vielen Ereignisse konnte man sich gar nicht ausdenken. Noch nicht einmal davon träumen, aber es war absolut real!

»Sie wird meinem Wissen nach nur heute in Berlin sein. Unter anderem auch für eine Aufnahme. Und drei Mal dürft ihr raten bei wem? Richtig. Bei *Lenny Jürgens*. Und wer weiß das schon … Vielleicht ergibt sich irgendwann einmal ein Duett *Germany Girls* featuring *Sarah Engels* «, kommentierte Marcella lässig.

Diese Aussage war freilich ein weiterer Beweis dafür, dass Marcella als Musikmanagerin eine große Portion Weitsicht besaß.

»Boah! Ich bin einfach nur happy!«, sagte Soraya total beeindruckt zu Marcella. Sie war der Meinung, dass ihre Managerin durchaus wissen sollte, dass sie sich auf die künftige Zusammenarbeit so sehr freute und sich geehrt fühlte. Marcella empfand genauso. Die Winkel von Marcella geglossten Lippen verzogen sich zu einem seligen Grinsen.

Auch einen krönenden Abschluss ließ sich Marcella nicht nehmen. Die letzten zwei Stunden ging es gemeinsam im schwarzen Kleinbus mit Herrn Botts auf große Fahrt zu allen Sehenswürdigkeiten, quer durch die pulsierende Metropole. Angefangen am *Brandenburger Tor* und dem *Hotel Adlon*, ging es zum *Reichstag*, zum *Fernsehturm*, vorbei an der *Siegessäule*, zum *Gendarmenmarkt*, zum *Checkpoint Charlie*, *Schloss Charlottenburg*, *Potsdamer Platz*, *Friedrichstadt-Palast*, zum *Bahnhof Zoo* und weiter zu anderen Sehenswürdigkeiten.
Die vielen Eindrücke jedenfalls erweckten bis zum letzten Moment großes Erstaunen.

Der Zug nach Stuttgart wartete bereits auf seine Fahrgäste, und die Leuchttafel in der Bahnhofshalle zeigte an, dass der Zug pünktlich abfahren würde.

Über die vielen Eindrücke und Erlebnisse gab es mehr als genügend Gesprächsstoff während der knapp sechsstündigen Heimfahrt. Doch bevor es gleich zurück nach Schönenberg ging, hatte Marcella noch eine letzte, perfekte Überraschung parat.

Sie überreichte der Girlband einen kleinen schweren Karton, eingepackt in stilvolles Geschenkpapier und einem roten Geschenkband.

Marcella überreichte 4000 frisch gedruckte Autogrammkarten! Die erste Autogrammkarte der *Germany Girls*. Niemand wusste davon, nicht einmal Anita. Die Autogrammkarten hatte sie klammheimlich, während der letzten vier Tage bei *Katrin Mey`s Medienagentur* herstellen lassen. Die junge Grafikerin Katrin Mey hatte viele Stammkunden aus der Branche. Dazu zählte auch Marcella. Katrin lieferte immer zuverlässig und umgehend kompetente Arbeit. So auch dieses Mal. Die Begeisterung über das besondere Geschenk erzeugte sogar Freudetränen. Was für eine Reise! Alle bedankten sich noch einmal von ganzem Herzen. Aber das Schöne war, bald schon sah man sich wieder.

»Na dann, eine gute Heimreise! Es freut mich außerordentlich, dass es euch in Berlin so gut gefallen hat. Nun werdet ihr öfter in dieser tollen Stadt sein. - Ja, und Ihnen liebe Lillie, gebührt ein besonderer Dank. Mir ist bewusst, ohne Sie wäre das alles vielleicht nicht möglich gewesen. Lieben Dank!«, sagte Marcella wertschätzend.

»Und ich danke Ihnen Marcella. Ich weiß, die Mädchen werden großen Erfolg haben, darum wäre da noch eine wichtige Kleinigkeit, die mir sehr am Herzen liegt: Ich vertraue insbesondere auf Ihren Schutzschirm. Immer«, sagte Lillie vertrauensvoll, während beide sich die Hand gaben und in die Augen sahen.

»Mach ich. Sie haben mein Wort«, bestätigte Marcella respektvoll.

Lillie würde ohnehin immer für die Mädchen da sein. Dass vier große Träume nun in Erfüllung gingen, daran zu denken, war wunderbar.

»Na dann - Bis bald. Wir sind in Verbindung, und sehen uns am nächsten Mittwoch in Köln! Tschüüüss!«, riefen die Mädchen wieder und wieder Marcella zu.

Good Vibes im Fernsehstudio

Keine der *Germany Girls* wurde bisher von einer Kosmetikerin, und schon gar nicht von einer Maskenbildnerin, so professionell geschminkt. Die Girlband hatte sich für die Fernsehpremiere sogar ein neues, bombastisches Outfit schneidern lassen. Jede trug einen raffinierten schwarz-goldenen Glitzer-Catsuit. Die Idee dazu kam Soraya, nachdem sie ein altes Plattencover von Barbara Lynn gesehen hatte.
Wiederum passend zum Outfit, wählte die flippige Maskenbildnerin ein zartes Make up. Sie hatte sich als Julia vorgestellt, und den Mädchen sogleich das *du* angeboten. Mit ein paar lustigen Sprüchen gelang es Julia rasch, den Mädchen das Lampenfieber, wenigstens ein bisschen zu nehmen.
Die Einladung nach Köln ins RTL-Fernsehstudio kam fast genauso schnell und ohne lange Vorankündigung, wie die Reise nach Berlin. Die Mädchen hatten mehr als ihre Freude daran. Sie waren unendlich dankbar, und fieberten augenblicklich ungeduldig ihrem allerersten Fernsehauftritt entgegen.

»Wow! Also ich muss schon sagen, ihr seid ja noch viel hübscher als auf den Fotos, die ich bisher von euch gesehen habe! Ich grüße euch! Also das meine ich jetzt nicht im Spaß, das sage ich im Ernst. Ihr seid echte Naturschönheiten. - Bei euch braucht es nur ein bisschen Lipgloss, ein wenig Rouge und ein bisschen Lidschatten, alles andere wäre viel zu viel. Und Kompliment! Darf ich fragen welches Parfüm ihr benutzt? Das riecht ja echt paradiesisch! Ziemlich verführerisch«, sagte Julia begeistert.

»Ja! Es ist unser Duft«, antwortete Illie. Sie freute sich über das Lob ganz besonders. Es war ihr Einfall gewesen, den Duft kreiert, hatten sie dann alle vier gemeinsam.

»Wie? Euer Duft?«, fragte Julia nach.

»Ja, ist wirklich so. Wir haben unser eigenes Parfum, selbst kreiert und nun exklusiv herstellen lassen. Es trägt auch unseren Namen *„Die Germany Girls",* und wir haben die Info: man wird unseren Duft schon in drei Wochen in allen Rossmann-Filialen kaufen können.«

»Echt jetzt! Toll! Dann bin ich aber die erste, die es kaufen wird!«

»Das ist auch für uns eine ganz tolle Sache. Wir freuen uns riesig! Dazu wird es auch noch eine offizielle Präsentation geben. Und es gibt tatsächlich schon viele Vorbestellungen«, verriet Soraya freudestrahlend.

Die Mädchen begutachteten sich von allen Seiten im Spiegel und strahlten um die Wette. Soraya machte dabei automatisch ein paar ihrer Stimmübungen.

»COOL! COOL! COOL! Ich fühle mich, als wäre ich im Abenteuerland angekommen«, sagte Scarlett total happy. - Dann kam für die Mädchen der Aufruf ins Studio zu gehen.

»Und nun *Liebe* Punkt12 *Zuschauer*, habe ich endlich mal wieder Studiogäste, auf die ich mich ganz besonders freue *sie* persönlich kennenzulernen. Ich freue mich auf gleich – Vier - echt tolle Girls! Und Sie liebe Zuschauer, werden auch gleich begeistert sein, denn, wenn ich hier Studiogäste begrüße, hat dies immer einen außergewöhnlichen Grund. Ja! *Die Girls* sind zurzeit in aller Munde und die Überflieger in der Musikszene! Ja, mit Vergnügen begrüße ich die wunderbaren *Germany Girls!,* die hier und jetzt bei uns ihre Fernseh-Premiere haben! Hier sind sie, die derzeit angesagtesten Internet-Stars überhaupt: Diiiie *Germany Giiiirls*!«

Die große Aufregung wich augenblicklich der überschwänglichen Freude, nun tatsächlich im Deutschen Fernsehen aufzutreten. Sie erschienen wie Grazien.

Roberta Bieling stand nun von ihrem Mode-
ratoren-Sofa auf, und ging flink sieben Schritte
rüber zum Stehtisch, wo die Mädchenband
schon auf sie wartete.

**»Hallo ihr Hübschen! Ihr strahlt ja wie
die Sonne!«,** wie gewohnt freundlich und gespannt, begrüßte die RTL-Moderatorin in ihrer Sendung euphorisch die *Germany Girls.*

**»Ihr seid ja alle so hammermäßig hübsch
und so erfrischend fröhlich gelaunt! Kein
Wunder, dass man euch so sehr feiert! Ja,
und natürlich gratuliere ich euch zu eurer
TV-Premiere bei uns!«**

»Hallo! Und vielen Dank! Danke für die Einladung! Sensationell, dass wir heute hier sein
dürfen!« Nacheinander begrüßten die Mädchen freudestrahlend die Moderatorin.

**»Sehr gerne! Jetzt muss ich euch aber
dringendst ein paar wichtige Fragen stellen. Sagt mal, seit wann gibt es euch? Und
wie alt seid ihr?«,** stellte die Moderatorin
flott, aber charmant, zwei Fragen gleichzeitig.

»Wir wohnen ja alle vier im selben Ort, und
sind uns noch vor der Kindergartenzeit im
Sandkasten begegnet, darum sind wir seit Kin-
dertagen Freundinnen. Als Band gibt es uns
seit genau achtzehn Monaten. Ja, und ich bin
die Soraya, links von mir das ist Illie, rechts
neben mir ist Scarlett, und neben Scarlett ist

unsere Ina, wir sind alle vier wunderbare sechzehn Jahre jung«, antwortete Soraya als erste lässig. Die Freundinnen nickten sich gegenseitig lächelnd zu, und jede strahlte auf ihre Weise eine beflügelnde Glückseligkeit und innere Schönheit aus.

»Ihr seid zwar Newcomer, aber man kann euch ja schon echte Popstars nennen, und gleich drei Songs von euch sind in den aktuellen Charts. Wahnsinn! Ich muss zugeben, seit ich den Song „Good Vibes" gehört habe, schwirrt der mir immerzu im Kopf herum, der Text und die Melodie sind so positiv und easy ... man will ihn einfach immer mitsingen. Toll! - Als ich mich auf das Interview mit euch vorbereitet habe, hat mir jemand gesagt, ihr wollt als Girlband und nicht als Girlgroup bezeichnet werden. Was hat es denn damit auf sich?«

»Für uns gibt es da schon einen deutlichen Unterschied« begann Illie den Grund zu erklären. »Eine *Girlgroup* tanzt mit einer Choreografie zu ihrer Musik, Musikinstrumente spielen sie kaum. Aber eine *Band* spielt eigenhändig die Musikinstrumente, bewegt sich frei und tanzt wenig, manchmal auch gar nicht«.

»Uns war es immer wichtig nicht nur zu singen, sondern auch unbedingt die Musikinstrumente selbst zu spielen. Es ist die Art, die uns ausmacht. Seine ganz eigene Musik zu machen ist das größte! Das Allergrößte!«, sagte Ina überzeugend.

»Das war auch die eigentliche Voraussetzung und der Anspruch an uns selbst. Wir sind keine Tanzmäuschen, wir möchten eine echte Band sein!«, brachte es Soraya auf den Punkt.

»Wirklich cool! Habt ihr eigentlich Vorbilder?«, stellte Roberta lächelnd ihre nächste Frage.

»Ooooh, da gibt es so einiges, was uns richtig gut gefällt. Wir lieben Musik aus jedem Jahrzehnt. Da gibt es querbeet unsterbliche Hits. Mich begeistern natürlich vor allem großartige Sängerinnen. Aber wirklich beachtlich sind so großartige Bands wie Queen, Blondie, Abba, Genesis, und die Roooolling Stones! Ja, und noch einige andere. Aber ein sehr cooles und flippiges Musikjahrzehnt waren wohl die 70er Jahre. So vielseitig, aufregend und supermelodisch, auch irgendwie total zeitlos. Aber als Vorbild hat es mir Ed Sheeran angetan. Der Brite ist mir ein Vorbild als Sänger, als Songwriter, als Performer. Ich würde wirklich mal gerne mit ihm einen Song schreiben. Und diesen dann mit ihm singen «, lachte Soraya.

»Ooooh das wär es!«, sagte Roberta.

»Bei mir liegen ständig die Schallplatten meiner Eltern aus den 90er Jahren auf dem

Plattenspieler, aber genauso auch Hits aus den 80er und 70er Jahren. Da gab es tolle Songs, und viele davon sind ja zurecht bis heute megapopulär« kommentierte Scarlett begeistert.

»Definitiv!«, ergänzte Illie.

»Ja auf jeden Fall! Da habt ihr aber echt großartige Vorbilder, wobei es mich als Frau begeistert und auch immer wieder ein bisschen stolz macht, wenn Frauen aus aller Welt, es bis ganz nach oben schaffen und selbstbewusst zeigen, was wir Frauen eigentlich alles können. Und da meine ich nicht ausschließlich die Musikszene ... Jedenfalls zu unser aller Glück würde ich meinen.«

»Finde ich auch! Eigentlich sollten wir Frauen nichts mehr hinterherjagen und auch nichts mehr beweisen. Uns geht es ohnehin um *mehr,* als Ruhm und Anerkennung«, erwiderte Ina gewissenhaft, und bekam für ihre sachliche Antwort prompt von Roberta und ihren Freundinnen ausdrücklich ihre Zustimmung.

»Leider ist es kein angenehmes Thema und doch möchte ich es wenigstens kurz ansprechen. Was sagt ihr eigentlich zu der schwierigen Corona-Situation derzeit?«

Diesmal war es Illie, die erst gar nicht nachdenken musste, um auf die unangenehme Frage zu antworten.

»Es ist schlimm! Wir jedenfalls sind vorsichtig und halten stets alle Hygienemaßnahmen ein. Aber man fragt sich, wann es endlich aufhört. Es ist einfach schmerzhaft, was den Menschen durch die Pandemie alles widerfährt. Ich denke: Die endgültige Wahrheit über das Virus, kommt erst nach der Pandemie«, sagte Illie mit ungewohntem, ernsten Gesichtsausdruck.

»Es ist für die gesamte Menschheit eine harte Prüfung. Es wird vorbei gehen«, war Sorayas optimistische Meinung dazu.

»So schwierig es oftmals ist, wir müssen das Beste draus machen, alles andere nützt nichts. Aber kommen wir zur nächsten Frage. Eine hoffentlich angenehmere Frage«, kommentierte Scarlett höflich.

»Ja. Was schweißt euch vier zusammen? Warum glaubt ihr, dass viele Bands irgendwann zu dem Punkt kommen, wo entweder einer aus der Band ausscheidet oder sie eine Pause machen möchten?«, fragte Roberta die Girlband als nächstes.

»Ich glaube, dass gerade die Mitglieder in gecasteten Bands unterschiedliche musikalische Geschmäcker haben. Wenn du dann ständig Musik machen musst, die dir nicht wirklich gefällt, kann das hart sein. Das alles ist bei uns nicht der Fall. Wir sind aus unserer Freundschaft entstanden. Wir kennen uns ja seit der Kindergartenzeit und sind seitdem echte Freundinnen und haben absolut denselben Musikgeschmack. Wir besprechen und entscheiden alles zusammen. Auch der Fame wird uns nie verändern, zumindest kann ich es mir nicht vorstellen«, antwortete Soraya sehr selbstbewusst auf die kritische Frage.

»Wir haben so viele Ideen und Pläne, die für die nächsten Jahre ausreichen«, meinte Ina fröhlich.

»Auf alle Fälle schweißt uns ganz besonders unsere gemeinsame Einstellung zusammen. Es ist zwar toll, dass wir gerade so richtig durchstarten, aber wir wollen keine Eintagsfliege sein. In den Beruf der Musik wächst man langsam hinein, genauso wie man sich als junger Mensch entwickelt ... Und man braucht Standfestigkeit«, stellte Illie augenzwinkernd fest.

»So ist es! Außerdem hält uns auch leckere Eis-Creme zusammen ... Denn die essen wir ständig!«, verriet Scarlett worauf ein fröhliches Gelächter folgte.

Roberta gingen die Fragen nicht aus. Neugierig stellte sie gleich die nächste Frage, so wissbegierig, als wollte sie wirklich so viel wie möglich über die Mädchen erfahren.

»Mich interessiert ganz besonders wann und wie habt ihr so jung gelernt, gleich zwei Musikinstrumente zu spielen?«

Das lockere Interview machte den Mädchen sichtlich Spaß. Keine Frage war ihnen unangenehm. Im Gegenteil, die Fragen waren einfach zu beantworten.

»Das ist wirklich das Phänomenale an uns ... Wir kommen alle aus demselben Ort, sind im selben Jahr geboren und wir sind tatsächlich seit unserer Kindergartenzeit Freundinnen«, begann Soraya - bevor Illie weiter erzählte.

»Danach waren wir gemeinsam zehn Jahre auf der gleichen Schule ... Und diesen Sommer haben wir, wieder gemeinsam, erfolgreich unseren Realschulabschluss bestanden! Yeah!« Inas strahlendes Lächeln ließ ihre Stimme herrlich fröhlich klingen.

»Aber das ist noch nicht alles. Klar haben wir uns auch schon so manchen Quatsch erlaubt, aber darüber verrate ich freilich nichts, weil ein Geheimnis ein Geheimnis bleiben muss, sonst ist es ja keins mehr.« Keine der vier Mädchen konnte sich jetzt ein schelmisches Grinsen verkneifen, aber Ina wollte noch etwas anderes Wichtiges loswerden.

»Da Musik unsere Welt ist, war es für uns einfach die perfekte Möglichkeit, sich unserem ortsansässigen Musikverein anzuschließen.

Dort konnte jede von uns das Musikinstrument spielen lernen, dass sie wollte. Aber jede von uns erlernte dort sogar noch freiwillig ein zweites Instrument zu spielen. Obendrein hatten Soraya und Illie noch einige Monate bei einer ausgebildeten Gesangspädagogin wertvollen Gesangsunterricht.«

»Bei mir war es ein bisschen anders. Ich kam mit dem Schlagzeug schon als kleines Kind bei uns zuhause in Berührung. Mein Vater war gemeinsam mit Scarletts Vater Tim, früher selbst viele Jahre der Schlagzeuger einer damals sehr bekannten Rockband«, erzählte Ina begeistert.

»Wow! Toll! Ich merke schon ihr habt euch für eine musikalische Laufbahn wirklich sehr gut vorbereitet. Wunderbar! – Nun würde mich interessieren, wie wichtig ist euch eigentlich Schminke und Styling? Ich meine, eure Looks sind wirklich toll! Chic wie stylisch, und dass ihr Make up nicht zu dick auftragt, macht euch echt noch hübscher ...«

»Man sieht uns zwar nie ungeschminkt, aber das Make up sollte nicht zu extrem sein, das Highlight soll unsere Musik sein, und wenn es gefällt, gerne auch unser Style«, antwortete Scarlett sehr selbstbewusst auf ihre kokette Art.

»Und dass man gut riecht und einen schönen Duft an sich hat, ist mir zum Beispiel auch wichtig ...«, sagte Illie.

»Ah, dann bist du diejenige die hier so angenehm und extrem verführerisch duftet? Ich rieche diesen schönen Duft schon die ganze Zeit. Also echt, als ob da ein Sexualduftstoff drin wäre. Darf man wissen welches Parfüm du benutzt?«

Illie lachte: »Oh, das ist kein Geheimnis. Das verrate ich sogar sehr gerne. Wir benutzen es alle vier, weil es unser eigenes Parfüm ist«

»Wie meinst du das ... Euer eigenes? Soll das heißen, ihr habt ein eigenes Parfüm?«, unterbrach die Moderatorin Illie, und hakte leicht verwirrt nach.

»Ja tatsächlich! Meine zweite Leidenschaft ist: Ich liebe gute Parfüms! Und ein gutes Parfüm muss gar nicht unbedingt von einer teuren Nobel-Marke sein. - Vor ziemlich genau einem Jahr habe ich mir einen Wunsch erfüllt und habe in der Parfüm-Stadt Grasse an einem Parfüm-Workshop teilgenommen. Dort habe ich in wenigen Tagen gelernt, wie ein Parfüm entsteht. Daraufhin kam mir sofort die Idee, uns einen Duft auf den Leib zu kreieren. Alle waren sofort begeistert und fanden es Klasse! So hat sich das ergeben. Auch der Flakon ist so schön geworden und ziert unser Logo das Feuerherz.

Ja, und jetzt können wir mit Stolz verkünden: Schon in drei Wochen wird man es in allen Rossmann-Filialen kaufen können. Yippie!«, jubelte Illie über ihre Verkündung.

»Das ist so genial! Als wir uns bei einem großen Parfüm-Hersteller vorstellten und anfragten uns eventuell bei der Umsetzung zu unterstützen, war dieser sofort Feuer und Flamme. Er meinte nur: Ein so glutvoller und leidenschaftlicher Duft, kann nur *„Fireheart"* heißen«, ergänzte Scarlett temperamentvoll.

»Wow! Gratulation! Das ist ja wirklich genial. Also diesen Duft muss ich mir unbedingt besorgen. Das klingt ja total verrückt. Ihr bringt noch vor eurem ersten Album ein eigenes Parfüm auf den Markt ... Also ich glaube das hat vor euch auch noch niemand geschafft! Aber ich gehöre auf alle Fälle zu den ersten, die sich das Parfüm kaufen werden«, sagte Roberta völlig begeistert.

»Wie cool ist das denn! Dasselbe sagte vorhin in der Maske die liebe Julia zu uns ... Sie hat uns auch gleich darauf angesprochen und gefragt, welchen Duft wir verwenden.«

»Meeeega! Ist schon irgendwie crazy! Aber man entwickelt sich ja sozusagen weiter, und wer weiß, vielleicht wird es eines Tages noch mehr Beauty-Artikel von uns geben. Vielleicht eine eigene Natur-Kosmetik-Serie ... Ja, oder einen weiteren Duft«, ergänzte Scarlett keck.

»Cool! Das klingt ja wirklich spannend! Und wann kommt eigentlich euer Debütalbum auf den Markt?«, fragte Roberta als nächstes.

»Wenn alles weiterhin so wunderbar und problemlos läuft wie bisher, dann tatsächlich schon nächsten Monat! Der Plattenvertrag ist unter Dach und Fach, und die Grundlage für unser erstes Album ist vergangene Woche entstanden. In Stuttgart haben wir in einem Tonstudio binnen eines Tages ein Demotape mit sieben Songs aufgenommen. Mindestens weitere sieben Songs werden wir in Berlin bei unserem Produzenten aufnehmen!«, antwortete Scarlett dynamisch und legte Soraya lässig den Arm um die Schulter.

»Klasse! Auf das Album warten bestimmt schon viele Fans. Und wie wird euer Album heißen?«

»*„Fireheart!“* Ja, es wird *„Fireheart“* heißen!«, wiederholte Soraya und blinzelte lächelnd den anderen zu.

»Das Album wird sicherlich durch die Decke gehen! Soraya, deine Stimme ist aber auch so gefühlvoll ... Bei dir spürt man sofort, wenn du singst, bist du total in deiner Welt«, sagte Roberta gefühlsbetont.

»Oh, und ob! Wenn ich singe, habe ich das Gefühl, mir wachsen Flügel. Ständig habe ich Melodien und Töne im Kopf, und dies kommt mir, während ich Songtexte schreibe, besonders zu Gute«, antwortete Soraya zufrieden.

»Apropos Songtexte. Schreibt ihr die Songtexte eigentlich selbst? Und wenn ja, wer von euch?«

»Meistens Soraya und ich. Aber genauso gibt es Songtexte, die wir vier gemeinsam schreiben. Uns ist es einfach wichtig, positive Vibes weiterzugeben. Das soll aber nicht heißen, dass wir manche Dinge nicht auch kritisch sehen. Sicher liegt es auch daran, dass wir noch jung sind, und zum Glück, niemand von uns bisher etwas Schlimmes erleben musste. Aber im Allgemeinen sind Protest oder Problemsongs überhaupt nicht unser Ding. Unsere Musik reflektiert, wie wir sind und was wir fühlen. Die Songs und Texte sind ein Spiegelbild der eigenen Befindlichkeit, und dies möchten wir ehrlich so weitergeben: Gute und positive Gefühle vermitteln und weitergeben ... Ja das ist es«, erklärte Illie.

»Als Musikerin ist mir wichtig, die Herzen der Menschen zu bewegen. Ich will etwas erschaffen das begeistert. Musik zu komponieren, macht mich glücklich. Es gibt zwar nur wenige Noten, aber unendlich viele Arten von Musik«, ergänzte Soraya.

»Toll! Ich finde das beeindruckend, und es gelingt dir ja auch richtig gut. - Wie sieht es denn mit eurer Gefühlswelt aus? Habt ihr Lampenfieber?«

»Definitiv! Ich bin sehr aufgeregt, außerdem bin ich dermaßen gespannt, was alles Neues auf uns zukommt. Ich kann es kaum erwarten«, antwortete Illie.

»Ja genau! Und klar, habe ich auch Lampenfieber. Aber es fühlt sich gut an«, sagte Ina.

»Und wie sieht es in der Liebe aus, habt ihr eigentlich schon einen Freund?«, stellte Roberta im freundlichen Plauderton ziemlich neugierig ihre vorletzte Frage an die Mädchen.

»Einen?«, fragte Ina mit großen Augen und lachte dabei verschmitzt.

»Es werden immer mehr und mehr«, fügte Illie fast schon überschwänglich hinzu.

»Absolut! Und das begann ja schon während unserer Kindergartenzeit«, sagte Soraya in einem witzigen Unterton. Die lustigen Antworten sorgten für noch mehr Heiterkeit. Ohnehin verlief das gesamte Interview sehr relax.

»Und wie sieht die aktuelle Planung aus? Welche Auftritte sind, wann und wo, in nächster Zeit geplant?«

Dazu waren es Illie und Soraya, die im Wechsel die allerneusten Zukunftspläne der Band bekannt machten.

»Wir sind alle unendlich dankbar! Unsere Managerin organisiert gerade eine Promo-Tour, anstelle unserer *First Live-Tour*, auch Auftritte in Fernsehshows in der Schweiz, Österreich, Italien, Schweden, Holland, England, bestimmt auch in Frankreich! Die konzertfreie Zeit werden wir als Band, auf alle Fälle nutzen, um neue Songs zu schreiben, und natürlich auch neue Musikvideos zu drehen. Es ist so Megaaaa! Wenn man Musik macht, ist immer etwas Magisches in der Luft!«

»Stimmt, sehe ich aus so! Musik hat oft etwas sehr Magisches, so empfinde ich es jedenfalls immer mal wieder. Man erinnert sich auch ewig durch ein bestimmtes Lied, an eine bestimmte Situation. Das ist absolut magisch! So, nun muss ich euch aber leider, leider schon eine letzte Frage stellen. Was wäre, oder was ist eigentlich euer großes Ziel? Was wollt ihr mit der Musik erreichen?«

Synchron und in einem euphorischen Ton antworteten die Mädchen: »Amerikaaaa!«

»Oh Yes Amerika! Einmal Amerika erobern! So wie Falco mit *„Rock me Amadeus"* oder Nena mit *„99 Luftballons"* damals. Ja, einmal in den

USA einen Super-Hit landen! Wir als Band haben geschlossen einen großen Traum. Was wir gerne erreichen möchten ist schlicht: Für die ganze Welt Musik machen. Ganz egal wo, ob in Italien, Frankreich, Österreich, Spanien, Japan, Kanada, Brasilien, Mexiko, England oder Holland. Einfach überall und für jeden. Jaaaa, und in Aaaamerika! Und in Deutschland sowieso!«, erzählte Soraya ausführlich. Illie, Ina und Scarlett stimmten lautstark mit ein.

»Super! Also das ist echt mal eine Ansage und klingt wirklich sehr vielversprechend! Übrigens glaube ich sagen zu können: Noch nie hatte Deutschland so eine hammermäßige Girlband zu bieten. Ganz toll! - Ach, und bevor ich es vergesse, wollte ich noch erwähnen, dass ich eure Managerin Marcella Kronberger persönlich kenne. Sie ist ja heute mit euch hier. Sie saß vor knapp zwei Jahren genau hier am selben Platz. Damals ging es um eine Charity-Aktion. Aber klar sprachen wir auch über das Musikbusiness. Sie war eine nette und sehr kompetente Gesprächspartnerin, die wirklich für die Musik brennt. Auch darum weiß ich, dass ihr da in sehr guten Händen seid. Glückwunsch dazu! Und liebe Grüße an Marcella«.

»Dankeschön, richten wir gerne aus! Wenn ich darf, möchte ich noch ganz kurz auf unsere Homepage aufmerksam machen. Da findet man immer sämtliche Termine und Neuigkeiten über uns. Dann kann ich noch verraten, dass wir am kommenden Samstag einen Live-Auftritt bei uns in Schönenberg haben. Dort unterstützen wir den Tier-Gnadenhof von Lea Mailänder, und am letzten Samstag im August spielen wir bei der *City Sommer Day* in Vaihingen. Unsere Freude vor Publikum spielen zu dürfen, ist einfach grenzenlos! Und wie gesagt, es lohnt sich einen Blick auf unsere Homepage zu werfen. Und dir liebe Roberta: Vielen Dank für das unkomplizierte Interview. Es tat gar nicht weh«, sagte Soraya zu Roberta mit einem glücklichen Lächeln, wohlmeinend.

»Bitteschön. Sehr gerne. Auch ich bedanke mich ganz herzlich für das angenehme Gespräch! Und natürlich, wenn wir schon das Glück haben, euch heute hier zu haben, könnt ihr freilich nicht gehen, ohne für die Zuschauer zu singen. Euer Titel „*Sexy Girl*" ist derzeit ein großer Netz-Hit. Der Text ist aber auch wirklich sehr intelligent, hat eine Botschaft und ist überhaupt nicht oberflächlich. Außerdem ist das Musikvideo einfach grandios gemacht. Kein Wunder, dass der Song so durch die Decke geht!

Klasse! Ja, und obwohl es von euch zwar schon einen neuen Song gibt, wollen wir heute unbedingt „*Sexy Girl*" hören. Wir freuen uns sehr! Viel Glück! Und Feuer frei für: *Die genialen: Germany Giiiirls*«, kündigte Roberta den allersten TV-Liveauftritt der Girlband an.

Der krönende Show-Auftritt der *Germany Girls*, war ein echtes Highlight. Die Girls spielten und sangen so phantastisch, als hätten sie es schon hundertfach getan. Ihre Performance war einfach der Hammer! Maßlos begeistert applaudierten alle Anwesenden im Studio.

Für die Freundinnen war ihr TV-Debüt ein eindrucksvolles Erlebnis. Es war faszinierend in Köln, in einem namhaften Fernsehstudio zu sein. Es fühlte sich so ehrenvoll an.

Im Anschluss teilte eine RTL-Redakteurin den Mädchen mit, dass der Beitrag auch am Abend bei Frauke Ludowig in *Exclusiv* zu sehen sei. Ebenso würde der Beitrag nächsten Donnerstag im Abendprogramm auf Vox gesendet. Dies war natürlich spektakulär. Denn eigentlich ging man davon aus, dass der Beitrag nur am Mittag bei RTL-PUNKT 12 zu sehen wäre. Und, kaum hatte die Girlband das Studio in Richtung Garderobe verlassen, ging es spektakulär weiter. Nach wenigen Schritten kam es zu einer imposanten Begegnung.

Plötzlich, und leibhaftig, kam ihnen der Schlagerstar Paolo Di Angeli und die herzhaft lachenden Zwillinge Lisa und Lena entgegen. Die zwanzigjährigen Schwestern kommen aus Stuttgart. Sie wurden mit Internetvideos zu Stars, und betätigen sich nach wie vor als sehr erfolgreiche Influencerinnen. Auf Anhieb wurden die *Germany Girls* erkannt.

Paolo winkte ihnen sofort gesprächsfreudig zu. Ohne lange zu zögern und ziemlich entspannt, wie es seine Art ist, sprach er die Mädchen direkt an.

»Hallöchen! Ihr seid doch die Girlband die derzeit so extrem *en vogue* ist! Euch bin ich vor einer Woche schon einmal begegnet ... Auf eine Empfehlung hin habe ich mir auf Youtube einige Songs von euch angeschaut. Muss schon sagen, echt bombig! Cool ist aber auch, ihr kommt aus der Nähe meiner alten Heimat! Yeah!«, begann Paolo lässig gleich eine Unterhaltung.

Die Mädchen freuten sich zwar erkannt zu werden, aber umgekehrt erkannten sie den Sänger nicht, außer Soraya.

»Hoppla! Paolo. Sie sind Paolo Di Angeli. Ich kenne Sie ...« , sagte Soraya selbstsicher.

»Wie du kennst ihn?«, fragte Ina leise, total erstaunt. Auch Scarlett und Illie kannten ihn nicht. Dafür erkannten sie sofort Lisa und Lena. Plötzlich standen sich alle gegenüber und im nächsten Moment begann unter ihnen eine gesellige Unterhaltung.

»Hey! Wie Hammer ist das denn! Euch hier zu treffen ... Und überhaupt ... Ist hier heute das Schwabenlandtreffen?«, amüsierte sich Lena ausgelassen.

»Aber echt! Einfach mega, euch hier zu treffen. Hi Lisa! Hi Lena! Ähm, Hallo Paolo! Mein Name ist Soraya, und ich kenne Sie durch Erzählungen meiner Omi. Sie kennt Sie persönlich ... «

»Oh wirklich?«, fragte der Sänger zurück.

»Ja, weil Ihr Papa fünfzehn Jahre der direkte Nachbar meiner Omi Lillie war ... Aber das war in den 90er Jahren, ist schon lange her ... Damals in Illingen«, sagte Soraya.

»Hoppla! Du darfst mir deine abenteuerliche Story gerne erzählen. Ich bin ja mittlerweile längst abgehärtet. Aber, ich muss schon sagen, der Ort ist schon mal korrekt. Aber bitte, bitte sag *du* zu mir«, sagte Paolo und nickte mit dem Kopf.

»Ok. Ähm ... Ja, und du kamst damals einige Jahre auch regelmäßig zu Besuch. Und das stets mit einem PS-starken Edelschlitten. Naja, dein Auto hast du dann allerdings, meist ungefragt, auf den Privatparkplatz meiner Omi geparkt. Aber die hat sich nicht geärgert, sondern stets darüber amüsiert - da es vor ihrem elterlichen Wirtshaus noch weitere zwölf Parkplätze gab. Aber Omi meinte dann irgendwann, ein Gläschen Schampus hätte er mir schon mal dafür ausgeben können«, erzählte Soraya so kokett, das es ein lautes Gelächter auslöste.

»Ooooh Yeah! Auch korrekt! Daran erinnere ich mich sogar! Ja, ist denn das zu glauben! Das war damals in der Hölderlinstrasse! Aber weißt du was, sag deiner Omi einen sehr netten Gruß von mir. Wir werden das nachholen. Und wenn sie möchte, werden wir nicht nur ein Gläschen, sondern eine ganze Flasche Schampus trinken. Schließlich werden wir ein tolles gemeinsames Gesprächsthema haben«, versprach Paolo fast schon feierlich.

Die Unterhaltung ging heiter weiter, war aber alles andere als oberflächlich. Nein. Ganz im Gegenteil.

Lisa und Lena hingegen machten kurzen Prozess und schlugen der Girlband tatsächlich vor, doch bald schon ein gemeinsames Duett zu singen, weil auch sie Musik über alles liebten.

»Ich hätte da sogar eine bombastische Idee, und volle Kanne Bock auf Rock! Wir sollten es unbedingt mal versuchen und zusammen einen groovigen Rocksong machen! Jaaa! Echt mein Ernst! *„Roll over Beethoven", „Good Golly Miss Molly"* oder *„Rockin all over the world"*, irgendwie so etwas. Das wäre sensationell!«, schlug Lena spontan vor. Selbstverständlich war auch ihre Schwester von dem Vorschlag total begeistert.

»Uuuuh ... das sind Songs mit Power für die Ewigkeit! Why not! Sehr sehr cool!«, antwortete Illie verblüfft und leidenschaftlich angetan von der erstklassigen Idee.

»Oha, krasse Nummern! Richtig stark! Besonders der krachende Sound«, ergänzte Soraya und fand den Musikgeschmack der Zwillinge bemerkenswert kompetent.

»Im wahrsten Sinne des Wortes. Überlegt es euch. Also wir wären jedenfalls sofort dabei«, sagten Lisa und Lena fast synchron.
Irgendwie gefiel diese spontane Idee auch Paolo.

»Ihr seid jung, einfühlsam und charmant. Irgendwie fast schon zu perfekt, aber das Herz darf manchmal auch wild und rockig sein. Insbesondere gehört es zur jugendlichen Magie. Versucht es einfach. Außerdem, Visionen muss man immer haben«, sagte Paolo total ernst gemeint und summte dabei eine wilde Melodie.

»Ziemlich *cut* irgendwie«, antwortete Soraya und lächelte verschmitzt.

»Also, man sieht sich ... Jedenfalls wünsche ich euch alles Glück der Erde. Ciao, Ciao!«, verabschiedete sich der Sänger und ging flott in Richtung Redaktion, nachdem eine Assistentin nach ihm gerufen hatte.

»Also, ich finde die Idee phänomenal, und man sollte es wirklich tun. Ganz sicher wird sich dafür eine Gelegenheit bieten. Am besten, wir besprechen es nachher gleich mit Marcella. Aber ich hab da gerade noch einen anderen Blitzeinfall ...« begann Illie.

»Vielleicht habt ihr zwei Lust in unserem nächsten Musikvideo sozusagen als *Special-Gaststars* aufzutreten? Einfach ein oder mehrmals irgendwie so durchs Bild huschen. Das wäre doch der Burner!«

»Ja! So wie heute. Wir drehen einfach eine zufällige Begegnung ... That`s Life!«, sagte Soraya lebhaft, und hatte dafür gleich eine unkomplizierte Möglichkeit vorgeschlagen.

»Es wäre uns eine Ehre!«, ergänzte Scarlett und klang darüber mehr als fröhlich.

»Oh ja! Und die spontanen Dinge sind oft die besten. Wir sollten es einfach tun! Das kann doch nur gut werden!«, antwortete Lisa und blickte zustimmend ihre Schwester an.

»Dann würde ich sagen, wir bleiben in Verbindung und vernetzen uns mal fix ...«, stimmte Lena ausgelassen ein. Also wurden schnellstens die Handynummern ausgetauscht. Die Freude darüber war ganz offensichtlich, und ein baldiges Wiedersehen der sechs Mädchen, war klar besiegelt.

Paolos Gestik war anzusehen, dass er die Aktion der Mädchen gut fand. Keine von ihnen kannte einen Song von Paolo, aber seine maskuline Stimme machte Eindruck. Und ein Zufall, den die Mädchen jetzt noch gar nicht wussten war, dass Lenny eine Zeitlang auch sein Produzent war und zwar tatsächlich während der Zeit, als Paolos Karriere seinen Höhepunkt hatte. Aber der Gedanke mit Lisa und Lena vielleicht sogar schon bald ein Musikvideo zu drehen, war wie gesagt, einfach der Oberburner! - Auch Lisa und Lena wurden jetzt aufgerufen. Alle wünschten sich nur das Allerbeste und hofften auf ein baldiges Wiedersehen.

Die Begegnung hinter den Kulissen bei RTL konnte zwar ein verrückter Zufall sein, aber für die Mädchen würde es ganz sicher unvergessen bleiben. Außerdem, wer weiß, was daraus noch entstand, und natürlich wollten sie es gleich Marcella erzählen. Die wartete bereits ungeduldig und schon minutenlang auf ihre neueste und große Entdeckung die *Germany Girls.*

Wenn man bedachte, dass die Zusammen-arbeit zwischen Marcella und der Mädchen-band erst wenige Tage zuvor besiegelt wurde, lief es von Minute eins an Mega-professionell! Nie und nimmer konnte sich Marcella ein Le-ben ohne Musik vorstellen, und jetzt schenkte ihr die Musik, abermals erneut eine wunder-bare Aufgabe!

Ja, Marcella war wirklich mehr als eine er-fahrene Musikmanagerin, davon hatte sie in den letzten drei Wochen, seit man sich kannte, nicht nur die Mädchen, sondern auch die Fami-lienmitglieder überzeugen können. Als Musikmanagerin war sie in der Branche gut angesehen und bekannt dafür, zuverlässig und mit Sorgfalt ihre Künstler zu betreuen. Niemals kam es ihr in den Sinn nur des Geldes wegen die Künstler leichtsinnig zu verheizen. Schon gar nicht vier 16-jährige Newcomerin-nen, die dazu noch wenig Kenntnis darüber haben, wie hart das Musikgeschäft sein kann. Ihr war klar: Für die Mädchen ging es nun di-rekt von der Schulbank in ein völlig verrücktes Leben. Beispiele, wie Teenager zu schnell zu

Superstars geworden sind, und schon bald nachdem großen Erfolg mit dem Leben nicht mehr gut klar gekommen sind, gab es schon genügend. Marcella hatte es den Eltern in die Hand versprochen, auf die Mädchen aufzupassen und vor schlechten Einflüssen zu schützen. Weil dies ihre oberste Priorität war, und Marcella diese Sorgfalt am Herzen lag, wollte sie im Anschluss an die Fernseh-Premiere gleich in der Künstler-Garderobe auch ausführlich darauf zu sprechen kommen.

Da es in der Garderobe noch einige Minuten stimmungsvoll zuging, wartete Marcella nachsichtig auf eine passende Gelegenheit, um zu sagen, was ihr noch Wichtiges auf dem Herzen lag. Natürlich war Marcella in guter Stimmung, doch für den Moment wurde ihr Gesichtsausdruck etwas ernster.

»Ihr Lieben, ich bin mir wirklich sicher, wir können gemeinsam ganz Großes erreichen! Doch dafür braucht es eine ordentliche Portion Disziplin. Immer und immer wieder. Ziele sollte und muss man sich setzen! Aber ohne Disziplin, wird man diese nicht erreichen. Um euch hat bereits ein großer Hype begonnen. Der heutige Fernseh-Auftritt wird gewiss ein Sprungbrett sein und euch einige Türen öffnen. - Das erste Konzert in Schönenberg habt ihr mit Bravour gemeistert! In kürzester Zeit habt ihr euch als junge Formation aus Deutschland zu einer der meistgefragtesten Bands entwickelt. Respekt! *Man kann das Rad nicht neu erfinden, aber ihr seid nah dran.* Weil eure Musik einfach einen ganz besonderen Charakter hat. Ja, es stimmt, ihr, die *Germany Girls* bestechen durch musikalisches Talent und ausgefeilter Popmusik. Ihr besitzt die Gabe zu begeistern und zu berühren. Durch eine wirklich beeindruckende Bühnenpräsenz und, mit einer gekonnten Mischung aus Gesang und harmonischen Melodien, sowie einer charmanten und lebensfrohe Bühnenshow, beweist ihr Herz und Seele. Insbesondere mit der Tiefgründigkeit eurer eigenen Texte, großer Musikalität und exzellenten Stimmen. Man könnte auch locker sagen: die *Germany Girls* sind weit mehr als eine sympathische Vocalband. Ja, viel besser geht es kaum. Aber als eure Managerin trage ich eine große Verantwortung. Darum ist es auch notwendig, von Anfang an einiges klar und deutlich, offen und ehrlich mit euch zu besprechen. Und ich bin der Überzeugung, jetzt, in diesem Moment, ist dafür der richtige Zeitpunkt. - Als eure Managerin ist es meine Pflicht, euch auf einige sehr wichtige Dinge hinzuweisen. Ich habe euren Eltern ein Versprechen gegeben, dass ich konsequent einhalten werde. Sollte ich mich damit bei euch unbeliebt machen, tut mir das zwar Leid, aber ohne diese Worte gesagt zu haben, hätte ich kein reines Gewissen. Was ich jetzt zu sagen habe, ist außerordentlich wichtig, und darum werde ich euch auch keinen Honig um den Mund schmieren. - Ihr wisst, ich bin sehr begeistert von euch als Persönlichkeiten und von der Musik dir ihr macht! Ich möchte, dass das was ihr mit der Musik erreichen werdet, euch wirklich glücklich macht! - Jedoch, je weniger Ahnung desto mehr Euphorie. Jedenfalls hat mich meine jahrelange Erfahrung viel gelehrt ... Unter anderem, dass ich drei Dinge nicht akzeptieren kann: Erstens Drogen! Zweitens Lügen! Und drittens Respektlosigkeit"! Weil diese drei Dinge einem Menschen über kurz oder lang, immer vor die Füße fallen. Aber ja: Macht Party! Habt Spaß am Leben! Aber haltet euch von wilden Drogen und Sexpartys fern, die zerstören allenfalls euer wertvolles Leben. Viele Menschen glauben das Starleben hätte nur positive Seiten: Jede Menge Kohle, krasse Autos, Luxus-Häuser und teure Klamotten. Und wenn man nicht aufpasst, obendrauf noch falsche Freunde! Die Schattenseiten des Ruhms können heftig sein und vor allem junge Menschen kaputtmachen. So war es auch bei Justin Bieber, der schon mit 14 *fame* wurde und quasi in der Öffentlichkeit aufwuchs. Mit 19 Jahren drehte er dann völlig durch und lieferte nur noch negative Schlagzeilen. Immer perfekt sein, keine Fehler machen, einen Hit nach dem nächsten abliefern: Er konnte diesem Druck nicht mehr standhalten, und war verloren. - Ihr könnt mir glauben, ich möchte euch nicht verängstigen und euch schon gar nicht eine Anleitung dafür geben, wie ihr euer Leben zu leben habt. Es gibt Situationen, da gelingt einfach alles und irgendwie scheint alles perfekt. Dann gibt es Zeiten, da läuft es nicht wirklich rund: Es gibt eben keine perfekten Menschen, denen ständig alles gelingt. Zum Glück, denn diese Art der Perfektion, wäre eigentlich unmenschlich und mir persönlich auch unheimlich. Etwas besser finde ich da meine persönliche Einstellung: „Du musst einer von wenigen sein". Sollte auch mal etwas nicht so gut gelingen, dann ist das kein Beinbruch. *Aber man sollte immer wieder das Unmögliche versuchen, um das Mögliche zu erreichen.* - Ja. Und ganz wichtig ist: Bleibt bitte immer so, wie ihr seid: Wunderbar charmant!« Mit ihrem, für sie typischen Hang zur Lyrik, hatte Marcella mit einem Zitat von Hermann Hesse, ihren kurzen, aber wichtigen Vortrag sinngemäß beendet.

»Danke! Vielen Dank für die klaren Worte, für die Ehrlichkeit und die Wahrheit. Ich werde mir Mühe geben, wann immer es notwendig sein sollte, mich daran zu erinnern«, bedankte sich Ina augenblicklich. Auch Soraya, Illie und Scarlett bedankten sich inständig.

»Wir wollten dir noch erzählen, dass wir eben auf dem Weg hierher Lisa und Lena, und dem Sänger Paolo Di Angeli begegnet sind. Wir haben uns minutenlang grandios unterhalten, und die Zwillinge meinten ganz lässig, dass sie am liebsten mal einen Song mit uns singen wollen. Wie aus der Pistole geschossen machten sie uns drei Vorschläge zu Songs ... zu krassen Hammersongs! Auch Paolo fand die Idee extraklasse! Die waren alle super nett! Es war einfach unglaublich«, erzählte Soraya Marcella fröhlich.

»Na, was sagt man dazu! Bingo! Sag ich es nicht. Auf euch warten die tollsten Chancen und Möglichkeiten! Auch daraus könnte tatsächlich was Gutes entstehen. Leute, macht euch bereit für die große Bühne und viele Termine«, sagte Marcella erfreut.
»Jippie! Mein Terminkalender freut sich auf jeden neuen Eintrag«, sagte Scarlett fest entschlossen.

Nun war den *Germany* Girls auch der Sprung ins Fernsehen bravourös gelungen. Sehr sympathisch und ungekünstelt wurden die vier Mädchen vom gesamten TV-Team, sowie von den Zuschauern an den Bildschirmen, wahrgenommen. So - die allerersten Reaktionen.

»Frau Kronberger! Bitte warten Sie! Ich hab da was noch was für Sie ... «, rief eine Frauenstimme nach Marcella.

»Noch während der Beitrag gesendet wurde, klingelte das Telefon in unserer Redaktion. Es kam vom niederländischen Fernsehen eine Anfrage zu den *Germany Girls* rein. Hier ist die Telefonnummer. Die bitten dringend um einen Rückruf. Ich habe gesagt, Sie werden sich melden«, sagte die RTL-Redakteurin zu Marcella auf dem langen Korridor zwischen Studio und Künstlergarderobe.

»Wow! Wundert mich zwar nicht, aber dass alles so schnell geht, hätte ich dann doch nicht gedacht. Ganz klar werde ich das noch heute erledigen. Vielen Dank für Ihre Mühe!«

»Sehr gerne. Ich drück schon mal die Daumen. Toi toi toi! Aber ich denke, man sieht sich ohnehin schon recht bald wieder«, rief die Redakteurin Marcella und den Mädchen zu, die nun gemeinsam das TV-Gelände verließen.

Marcella warf einen hocherfreuten Blick auf Scarlett, Soraya, Illie und Ina, und sie wusste, dass die Mädchen genauso empfanden wie sie.

Insbesondere Soraya empfand die Entwicklung, seit der Begegnung mit Marcella, wie ein Geschenk Gottes. Und so dankbar sie für dieses Glück war, es war erst der Anfang. Die *Germany Girls* hatten die erste Stufe zwar erreicht, aber sie wollten noch viel mehr erreichen.

Soraya hatte den Kopf voller Ideen und dachte an das Album. Sie, genauso wie ihre Freundinnen, wollten sich alle Mühe geben, dass es das beste Album des Jahres wird. Die Vorfreude auf dieses Ereignis war grenzenlos.

Darum ging es gleich morgen schon, wieder gemeinsam ins vertraute heimische Studio.

Alles ist möglich

Nachdem am Abend die *Germany Girls* aus Köln zurück waren, trafen sie sich gleich am nächsten Nachmittag in ihrem Studio.

Fortan feilten sie wieder jeden Tag voller Tatendrang an neuen Ideen. Jeden Tag stand eine mehrstündige Studio-Session an, oder es wurde ein neues Musikvideo gedreht. An einem einzigen Tag wurde „*Wild & Wonderful*" geschrieben und sogleich eine Demo-Version aufgenommen. Hauptsächlich hatte Soraya den Song komponiert, aber auch Illie brachte idealerweise ihren Teil mit ein. Der Song handelt von einem Mädchen, dass genau weiß was es will, und besagt, dass man sich von nichts und niemanden von seinem Weg abbringen lassen soll, weil man nur so sein Ziel erreicht. Der Song hat echt eine schöne Botschaft und eine zarte rhythmische Melodie.

»Also ganz ehrlich … mein Bauchgefühl sagt mir deutlich „*Wild & Wonderful*" spricht irgendwie vielen aus der Seele. Der Song wird nicht nur sehr vielen Mädchen gefallen … «, sagte Scarlett voller Überzeugung.

166

Die Mädchen übten und spielten pausenlos. So ging es enorm voran. Schließlich wollten sie schon bald ihre First-Live Tournee starten, und dabei entstanden natürlich ganz nebenbei auch neue krasse Bühnenoutfits.

Andererseits wurden auch ausreichend Pausen eingelegt, auch täglich mit Marcella telefonisch Kontakt gehalten. Und Lillie umsorgte die Mädchen zu jeder Zeit mit Freude immer mit leckerem Essen, so wie jetzt gerade, als Marcella Soraya auf dem Handy anrief, um der Band wieder Neuigkeiten mitzuteilen.

»Leute, Leute! Es ist der Wahnsinn! Echt der Hammer! Trotz der grassierenden Pandemie, kommt eine Anfrage nach der anderen herein! Ständig erreichen uns Anfragen und Einladungen zu Auftritten in ganz Deutschland und sogar aus dem europäischen Ausland. Aber der Oberburner ist: Wir haben eine nächste Einladung nach Berlin! Wir sind eingeladen am Silvesterabend, live am Brandenburger Tor, zu singen! Ein LIVE-Auftritt am Brandenburger Tor ... der auch im Fernsehen übertragen wird! Was für ein unglaubliches Ereignis!«, freute sich Marcella über all die Möglichkeiten, die sich ihren Schützlingen bot.

»Huuhuu und es hat *Big Wam Bam* gemacht! Marcella ist unser Engel Leute! Nie im Leben hätten wir eine bessere Managerin finden können. Sie wird uns auch nach Amerika bringen ... Wenn nicht sie, wer dann! Das nenn ich mal starke Good Vibes!« sagte Ina glücklich.

»Ab jetzt heißt die Devise: ALLES IST MÖGLICH! Darum auf geht's! Lasst uns keine Zeit verplempern! Übermorgen ist Samstag der 28. August, und endlich unser Auftritt auf dem Gnadenhof. Es ist kaum in Worte zu fassen, wie sehr sich unser Leben in nur fünf Wochen krass verändert hat. Perfekter kann man nicht durchstarten! Unser Maßstab soll immer lauten: Wir sind wir, und wir geben immer 100 Prozent. So, und jetzt habe ich richtig Bock unsere beiden neuen Songs „So long" und „Wild & Wonderful" einzustudieren. Let´s go Girls! Ich meine, beide vertragen noch ein bisschen mehr Perfektion«, animierte Illie verschmitzt ihre Freundinnen und hängte sich ihre E-Gitarre um.

»Yes! Außerdem spielt das Wetter heute optimal mit. - Also können wir, wie geplant, am Abend am See zu „We love" unser neues Musikvideo drehen!«, ergänzte Soraya motiviert und stolz.

»Ja! Heute ist echtes Bilderbuchwetter! Allerdings sieht es für übermorgen wohl nicht sonderlich gut aus. Laut Wetterbericht soll es am Abend sogar ein Unwetter geben. Hoffentlich beeinflusst das unseren Auftritt auf dem Gnadenhof nicht«, sagte Soraya grüblerisch.

»Hoffe ich auch. Man weiß ja auch nicht, wie stark das Unwetter wird, und welche Orte was, und wie viel davon abkriegen werden. Lassen wir uns einfach überraschen. Frau Mailänder hat diesbezüglich aber zum Glück schon vorgesorgt und vorsichtshalber bereits einen Ersatztermin bestimmt. Sollte die Veranstaltung tatsächlich dem Wetter zum Opfer fallen, wird die Veranstaltung eben drei Wochen später stattfinden, wäre wohl nicht zum ersten Mal. Meine Mum erzählte heute beim Frühstück, dass das Fest vor acht Jahren schon einmal einem Gewitter weichen musste. Auch damals wurde es drei Wochen später nachgeholt. Darum, machen wir uns nicht verrückt, es kommt wie es kommt. Hauptsache es findet statt, aber ohne Risiko, und wir sind mit dabei«, sagte Soraya wohlwollend. Natürlich waren Ina, Scarlett und Illie absolut derselben Meinung.

»Ähm ... bevor wir gleich mit den Proben weitermachen und die anderen noch nicht da sind, möchte ich euch unter acht Augen noch etwas Emotionales sagen«, begann Scarlett geheimnisvoll.

Alle sahen Scarlett an. Mucksmäuschenstill blickten die drei Mädchen gespannt ihre Freundin an. Scarlett hielt es nicht mehr länger aus, und wollte es jetzt sagen.

»Der Test. Also ihr wisst schon, der Test heute Morgen ... Der war *negativ*«. Jetzt war es raus.

Es war wie eine weitere bedeutungsvolle Fügung zum richtigen Zeitpunkt. Die vier Mädchen brachen nicht in Freude aus, aber sie lagen sich gleichsam mitfühlend in den Armen. Mehr brauchte es als Antwort nicht. In diesem tiefsinnigen Moment spürten die Mädchen mehr denn je, dass ihr gemeinsamer Traum auf dem besten Weg war.

Die Girlband hatte gerade mit den Proben begonnen, da ging die Tür auf. Cherie, Basti und Lasse kamen wie verabredet, pünktlich ins Studio. Diesmal war es Cherie, die etwas Bedeutungsvolles mitgebracht hatte. Was die Girlband nicht wusste, auch Cherie war nonstop, mehr im Hintergrund, aber ebenso wie ihre Freundinnen voller Tatendrang. Cherie wippte fröhlich zur Musik und hielt lächelnd eine silberfarbene Mappe hoch. Natürlich wollten alle sofort wissen, was Cherie da so stolz vorzuzeigen hatte. Also wurde die Session kurzzeitig unterbrochen.

»Ich weiß es! Es wird euch gefallen! Da drin sind die ersten vierzig Entwürfe! Jeder Dress ist so stylisch und exquisit wie das andere! Ich habe die letzten Tage nichts anderes gemacht. Ich wollte euch unbedingt eine kleine Fashion-Show präsentieren ... Für meine Freundinnen unbedingt geniale Bühnenoutfits entwickeln«, verkündete Cherie, überwältigt von ihrem eigenen Ehrgeiz.

»Was! Wie geil ist das denn! Ich schwöre das ist so hammermäßig! Eine komplette Kollektion nur für uns«, sagte Soraya total überwältigt, während Cherie ihr die Mappe übergab. Fix stellten sich die anderen im Halbkreis zu Soraya. Neugierig, und zunächst sprachlos, staunten sie über jedes, in Farbe gezeichnete Modell.

»Woooow Cherie! Woher hast du diese Gabe? Du bist eine Designerin ... Krass!«, sagte Ina kurz und knapp, hin und weg.

»Mein lieber Scholli! Und man beachte die innovativen Silhouetten! Wow! Wow! Und nochmals Wow!«, sagte Scarlett genauso fasziniert, wie die anderen.

»Oh, danke! Ich wollte euch damit überraschen. Mir kamen da ständig Ideen in den Sinn, dann habe ich nicht lange gefackelt und einfach alle Entwürfe, so gut wie möglich gezeichnet. Änderungen sind selbstverständlich möglich«, verkündete Cherie stolz.

»Mega!«, rief Lasse feierlich.

»Ultra Krass! Hier überstürzen sich mal wieder die Ereignisse. Echt lauter Talente hier! Jetzt geht die Party richtig los!«, sagte Basti fasziniert.

»Außerdem dachte ich mir, eine Band, eine so tolle Girlband, wie ihr es seid, hat enormes Potenzial, und ist der Inbegriff einer kulturellen Kraft, die sich auch einprägt. Erst wirst du von ihrer Musik angezogen, eventuell auch von ihrer Lebensweise, aber sicherlich von ihrer modischen Präsenz, ihrem Stil und Auftreten auf der Bühne. Alles zusammen ist wie ein Auto, das auf allen Zylindern läuft«, sagte Cherie wunderbar klug.

Es war einfach phantastisch, wie jeder in ihrem Umfeld mit Soraya, Illie, Scarlett und Ina mitfieberte, sie gerne unterstützte und sich, egal wie, nützlich machte. Die Mädchen brannten für ihre Musik! Sie waren Feuer und Flamme für das, was sie taten. Mehr Leidenschaft ging wirklich nicht.

Auch die Bedenken der Band: Ina könnte nach dem Vorfall ihrer Mutter verzweifelt oder gar mutlos werden, entfachte sich zum Glück als unbegründet. Ina wollte nur eines: Mit ihren Freundinnen Musik machen. Im besten Fall in aller Welt!

Zwar war der Alkohol-Rückfall von Tina glimpflich und nicht so zerstörerisch, wie zuerst angenommen, doch vom Tisch war dieses Thema noch nicht - wie sich schon bald zeigen sollte. Zum Entsetzen aller hatte Inas Mutter als trockene Alkoholikerin leider heimlich alleine eine ganze Flasche Sekt getrunken.

Ina wusste, als Auslöser dieses Dilemmas, gab es zwei Gründe: Einerseits freute sich Tina unsäglich für ihre Tochter und die Girlband für deren Erfolg, andererseits hatte sie Angst, jetzt auch ihre Tochter zu verlieren. Zudem kam Tina einst durch ihre Eltern früh mit Alkohol in Berührung, weil ihre Eltern damals ständig an Wochenenden feucht-fröhliche Kellerpartys feierten. Doch, dass ihre Mutter seit der Scheidung vor fünf Jahren, regelmäßig unter Einsamkeit litt, wusste so gut wie niemand, auch weil Tina es nach außen geschickt verbergen konnte. Sie hatte auch schon früher immer nur heimlich und zuhause getrunken, nie in der Öffentlichkeit. Ja, und Ina war von jeher ihr Ein und Alles. Das wusste Ina und sie wusste eigentlich auch um die Ängste ihrer Mutter.

Am Vormittag lief der Bühnenaufbau genauso zügig und problemlos, wie zum Konzertdebüt bei den Gartenfreunden.
Ebenso hatten Lasse und Basti wieder die volle Unterstützung von Tim, Scarletts Vater. Auch das Jugendhaus Schönenberg wollte helfen und hatte für später, gleich sieben ehrenamtliche Ordner organisiert.
Das Gnadenhofteam war tadellos vorbereitet, und die Benefizveranstaltung startklar.
Bis zum Mittag glitzerte über dem altehrwürdigen Tier-Gnadenhof sehr angenehm, die helle Sommersonne, doch seit dem frühen Nachmittag, war jedem klar geworden, dass die amtliche Unwetterwarnung des Deutschen Wetterdienstes sehr wahrscheinlich recht behalten würde. Stirnrunzelnd sah Lea Mailänder zum Himmel hoch.
Die Sonne war auf einmal verschwunden und das schöne Sommerwetter hatte sich schneller als gedacht verabschiedet. Der Himmel hatte sich bereits von hellblau mehr und mehr in dunkelgrau gefärbt. Die Unwetterfront war im Anmarsch, und ein bereits starker Ostwind, kündigte wirklich nichts Gutes an.

Lea hatte keine Wahl. Tagelang hatte man die Veranstaltung mit vielen Helfern bestens vorbereitet, doch so bedauerlich es auch war, gegen 18 Uhr war allen klar geworden, die Benefiz-Veranstaltung auf dem Gnadenhof konnte unter diesen Umständen auf keinen Fall stattfinden.

»Als Veranstalter sind wir für die Sicherheit unserer Gäste verantwortlich und müssen aus diesem Grund schweren Herzens, die Veranstaltung für heute leider absagen ... Aber der Ersatztermin in drei Wochen steht, und auch die Eintrittskarten behalten selbstverständlich ihre Gültigkeit«, so die offizielle Info von Lea Mailänder.

Alle Anwesenden, besonders die *Germany Girls* waren enttäuscht und traurig, jedoch mit Lea einer Meinung. Hier stand heute eindeutig die Vernunft und nicht der Spaß im Vordergrund.

»Du meine Güte, es ist echt so bedauerlich, auch wenn man bedenkt, wieviel Vorfreude und Arbeit in so einer Vorbereitung steckt. Ein Fest zu planen und zu organisieren bedarf echt viel Zeit und Engagement, aber aufgeschoben ist nicht aufgehoben«, kommentierte Lillie die vernünftige Entscheidung das Fest zu verlegen.

»Ich würde mal sagen, so langsam ist es absehbar, und es dauert auch echt nicht mehr lange, dann geht hier richtig die Post ab! Ich habe die Vermutung, die kleine Gewitterzelle verwandelt sich gerade in eine giftige Superzelle! Wir sollten hier jetzt echt nicht mehr länger und vor allem so relaxt umherlaufen. Viel mehr schleunigst rein ins Gebäude und uns in Sicherheit bringen!«, sagte Basti hektisch zu Lasse.

»Das sehe ich genauso. Die andern sind alle schon drüben in der großen Scheune. Aber sag mal, womit beschäftigt sich denn Soraya auf der Bühne noch so konzentriert?«, fragte Lasse beunruhigt.

»Du meine Güte, das darf doch nicht wahr sein! Ich glaube, ich sehe schlecht ... Sie will sich das goldene Mikrophon holen. Das Ding ist doch nicht wertvoller, als sie selbst! Du, ich muss ganz schnell zu ihr und sie schnellstens von dort wegbringen«, antwortete ihm Basti aufgedreht.

»Aah deswegen! Kein Wunder! Das Mikrophon, ihr goldenes Mikrophon. Soraya bekam es erst gestern von Lillie geschenkt, quasi als Glücksbringer, zum Start der Karriere! Es bedeutet ihr so viel! Himmel, es wird doch nicht das Gegenteil der Fall sein«, antwortete Lasse nun völlig verängstigt. Er schaute Basti nach, der geradewegs und blitzschnell in Richtung

Bühne rannte. Lasse war sich nicht sicher, ob er seine Antwort überhaupt noch gehört hatte.

Alles, was Soraya noch wahrgenommen hatte, war das fürchterliche Quietschen irgendwelcher Metallscharniere - dann traf sie mit voller Wucht ein Scheinwerfer. Blut lief entlang ihrer dunklen Haare über ihr Gesicht.

In Sekundenbruchteilen war eine Tragödie geschehen, und niemand konnte das Unglück verhindern, auch nicht Basti. Den lauten Aufschlag des Scheinwerfers aber, den hatten alle gehört.

Soraya lag regungslos und bewusstlos am Boden. Basti kniete sichtlich geschockt, so nah er konnte, zu Soraya nieder. Hastig zog er seine Jeansjacke aus und schob diese vorsichtig unter ihren Kopf. Lasse, der die Katastrophe aus etwa fünfzehn Meter sicherer Entfernung miterlebt hatte, zog reflexartig sein Handy und wählte sofort die Notrufnummer. Keine Minute später hatten auch alle anderen gewusst, was passiert war. Panisch und angstvoll, zum Teil sogar unter Lebensgefahr, rannten alle aufgelöst in Richtung Bühne.

Der Krankenwagen samt Notarzt fuhr bereits nach wenigen, und doch endlos langen acht Minuten, mit Martinshorn und Blaulicht schleunigst auf das Gelände des Gnadenhofs.

Soraya war inzwischen wieder bei sich. Sie schaute schwach und apathisch um sich. Verstehen, was geschehen war, konnte sie nicht, auch kein einziges Wort sprechen.

Sorgenvoll und mit weinerlichen Blicken hatten sich die meisten direkt um Soraya versammelt. Es herrschte pures Entsetzen und Sprachlosigkeit in einem. Von einer zur anderen Sekunde war eine Katastrophe geschehen, mit der niemand gerechnet hatte. Ein Unfall, der im schlimmsten Fall, einen ganz großen Traum brutal beendet hatte. Beendet, noch bevor der Traum so richtig begann.

Illie, Scarlett und Ina hielten sich fest, Hand in Hand, wie eiserne Kettenglieder, und schauten dem Krankenwagen nach, der gerade die Ausfahrt zum Gnadenhof verlassen hatte. Windstöße peitschten schneidend kalte Regenschnüre in ihre Gesichter, die als Rinnsale den Hals hinabliefen, doch sie merkten es nicht. Sie hatten Kummer und Tränen in ihren Augen, aber tief im Herzen, war da die Hoffnung, dass alles wieder gut wird.

Das Sturmtief „*Adrian*" wütete noch weitere fünf Stunden, bis kurz vor Mitternacht.
Erst dann war das Unwetter auf einen Schlag verschwunden, wie es gekommen war.

Der Himmel oben hatte sich schlafen gelegt, unten auf den Straßen blinkten überall die Lichter der Einsatzfahrzeuge. Allgegenwärtig hörte man dutzende Martinshörner. Ob Feuerwehr, THW, Krankenwagen oder der Polizei, alle gleichzeitig und wild durcheinander.

Nicht nur Schönenberg hatte es hart getroffen, genauso schlimm auch noch sieben Nachbarorte. Es zog sich eine gewaltige Hagelspur durchs Enztal, Starkregen verwandelte Straßen in reißende Bäche. Das Ausmaß der Zerstörung in den betroffenen Orten, und die Spuren der Wetterkatastrophe, waren verheerend. Es war nicht zu fassen! Sogar Menschen wurden vermisst. Noch nie hatte ein Unwetter die Region so hart getroffen. Zum Teil sah es aus, wie nach einem Bombenangriff. Auch Stromausfälle und Abschaltungen sorgten für Chaos!

Wo man auch hinschaute, verbrachten die Menschen die nächsten Tage damit, sich Hand in Hand gegenseitig zu helfen. Hauptsache niemand hatte sein Leben verloren, alles andere konnte man ersetzen, und alles würde wieder so werden wie vor dem Unwetter ...

Und so geht`s weiter

Fünf Tage später konnte Soraya völlig gesund das Krankenhaus wieder verlassen.

Überglücklich nahmen Illie, Scarlett und Ina ihre Freundin heilfroh in ihre Arme und verließen flott gemeinsam das Krankenhaus.

Die Mädchen hatten sich beinahe unerträgliche Sorgen um Soraya gemacht. Gerade deshalb lag es ihnen am Herzen, sich währenddessen für Soraya etwas ganz Besonderes auszudenken.

Illie nahm aus ihrer Jeanstasche ein weißes Blatt Papier und übergab es Soraya.

In den schweren Stunden der Angst und des Bangens um ihre Freundin, hatten die Girls für sie gemeinsam einen echten Herzenssong geschrieben.

»*"Forever Friends"* ist für dich, für uns, für jeden! Der Text, sind zu hundert Prozent wir«, seufzte Illie glückselig.

Soraya nahm das Blatt und begann zu lesen. Der Songtext war sehr emotional und unglaublich gefühlvoll geschrieben. *Friendship is a gre-*

at gift … Und nun bekam sie vor lauter Freude feuchte Augen. Endlich war das Quartett wieder komplett.

»Echt krass! Ihr seid einfach die Besten! Der Text klingt ja wunderschön! Also dann schlag ich gleich mal vor *„Forever Friends"* künftig als unsere Band-Hymne und Finalsong zu spielen. Ich meine, so wie die Stones es mit *„Satisfaction"* halten«, sagte Soraya.

»Ganz genau! Geniale Idee! Als letzten Song bei jedem Konzert«, schlug Illie vor.

Es brauchte keinerlei Diskussion um den Vorschlag von Soraya. Alle waren sofort damit einverstanden.

»Ähm … Ich konnte es auch nicht lassen und war ebenso ein bisschen kreativ. Auch weil ich mir heute Vormittag ja irgendwie die Langeweile vertreiben musste. - Ich hab an unserem Logo weiter gebastelt und es noch ein klein wenig perfektioniert. Die Schrift über dem markanten Feuerherz verbessert. Ich denke das Feuerherz ist einerseits wirklich unser Statement, andererseits eine Art sich auszudrücken, dass man für eine Sache brennt. Passt also so gut zu uns, und ich find's richtig cool!«, erzählte Soraya und hielt das Blatt für alle sichtbar in die Höhe.

»Und? Was sagt ihr?«, fragte sie gespannt.

»Peeeerfekt! Das ist es!«, rief Illie.

»Ja, es ist einfach auch passend. Jeder der das Feuerherz sieht, sagt sofort das sind wir!«, dröhnte Scarlett.

»So ist es! Unser eigenes Logo - Was für ein tolles Unikat. Perfekt und einmalig!«, freute sich Ina unbändig.

Nach der dramatischen Zwangspause, sollte es jetzt mit Volldampf weitergehen.
Ihre Zukunft stand weiterhin unter einem guten Stern. Das stand nun endgültig fest. Das Glück im Unglück war, ein wichtiges Ereignis im Leben der *Germany Girls,* und schweißte die Freundinnen noch intensiver zusammen.

»So! Jetzt aber ab ins Studio! Wir sollten schleunigst unsere neuen Songs proben!« Über Sorayas Gesicht breitete sich ein seliges Lächeln aus.

Lillie, die sich diskret zurück gehalten hatte, wartete geduldig vor ihrem Auto auf die Mädchen. Jetzt endlich, zur Begrüßung, nahm sie ihre Enkelin herzlich in ihre Arme und küsste Soraya auf die Wange. Lillie stiegen Tränen in die Augen und sie schämte sich dessen nicht.

»Niemand, nur du schafft es, mich immer wieder so glücklich zu machen. - Und jetzt kann ich ganz unbekümmert wieder ein paar Tage ans Meer. Auf geht's nach Ibiza! Ich habe wirklich Sehnsucht nach San Antoni! Außerdem wartet Claudia schon auf mich. Ich muss ihr doch traditionell zum Geburtstag eine Schwarzwälder Kirschtorte backen. Und vielleicht irgendwann, wird sich auch mein Traum erfüllen ... Es muss auch keine Finca sein, ein nettes Apartment, klein und fein, aber mein. Eben mein Traum! Aber was sag ich, das weißt du ja längst«, sagte Lillie überglücklich. Sie sah zufrieden aus. Auf Lillies Gesicht breitete sich ein glückliches Lächeln aus. Nach all den sorgenvollen Tagen, genoss sie diesen unbeschwerten Moment aus tiefstem Herzen.

Die vier Girls schnatterten euphorisch wild durcheinander. Den ganzen Weg zum Studio gab es nur ein einziges Thema. Sie sprachen unentwegt über ihre Pläne. Es war wunderbar ihnen zuzuhören.

Für die *Germany Girls* hatte eine großartige Zeit begonnen. Die Ausstrahlung ihres triumphalen Auftritts im Fernsehen, entfachte Tag für Tag neue Aufmerksamkeit und Begeisterung. Die Popularität der Mädchen nahm täglich zu, auch das Medieninteresse nahm immer mehr ungeahnte Formen an. Von internationalen Fernsehsendern folgte eine Einladung nach der anderen, und Berichte über die Mädchenband füllten von nun an die Seiten etlicher Zeitungen. Was immer sie jetzt taten, es machte Schlagzeilen. Soraya, Illie, Scarlett und Ina hatten mittlerweile Fans in unzähligen Ländern. Ihren YouTube-Channel haben bereits 1,6 Millionen Menschen abonniert. Auf TikTok hatte die Girlband zwischenzeitlich 2,4 Millionen Abonnenten! Und schon in wenigen Tagen stand ihnen der nächste große Schritt bevor: Die Studioaufnahmen für die CD-Produktion bei Lenny Jürgens in Berlin. Danach die Veröffentlichung ihres ersten Albums *„Fireheart"*.

Die aufregende Karriere der *Germany Girls* hatte gerade begonnen und aufzuhalten war sie nun ganz gewiss nicht mehr. Das erste Album war ein Höhepunkt, so viel stand fest, doch erst der Beginn ihres Aufstiegs an die Spitze.

*Auch in Band 2 „**Für immer Musik**":*
* Alles über ihre Musik, ihr Leben und ihre Liebe*
* - alles über Soraya, Illie, Scarlett und Ina.*

STECKBRIEF

Name: Soraya Berret
Typ: Die Entertainerin
Alter: 16
Haarfarbe: schwarzbraune lange Haare
Augenfarbe: blau
Körpergröße: 1,66 m
Körpergewicht: 58 Kilo
Sternzeichen: Jungfrau
Abschluss: *Realschule*
Berufswunsch: Musikerin, Gastronomin
Lieblingsmusik: Ed Sheeran, Christina Aquilera, Rihanna, Rolling Stones
Instrument: Bassgitarre, Mundharmonika
Glücksbringer: Goldene Halskette mit einem Feuerherz-Anhänger
Eigenschaften: Charismatisch, Charmant, Empathisch, Zielstrebig
Hobbies: Musik, Lesen, Schwimmen, sammelt Sonnenbrillen

STECKBRIEF

Name: Ilena Kessler, kurz: Illie
Typ: Die Kreative
Alter: 16
Haarfarbe: blond schulterlange Haare
Augenfarbe: blau
Körpergröße: 1,62 m
Körpergewicht: 62 Kilo
Sternzeichen: Stier
Abschluss: *Realschule*
Berufswunsch: Musikerin, Parfümeurin
Lieblingsmusik: Harry Styles, Lena, Ellie Goulding, Blondie, Queen
Instrument: Gitarre, Violine
Eigenschaften: Kreativ, romantisch, sachlich, ambitioniert
Glücksbringer: Goldene Halskette mit einem Feuerherz-Anhänger.
Hobbys: Musik, Parfüms und Duftkerzen herstellen, Reisen

STECKBRIEF

Name: Ina Patricia Müller
Typ: Die Vielseitige
Alter: 16
Haarfarbe: kupferrotes wildes, lockiges Haar
Augenfarbe: grün
Körpergröße: 1,72 m
Körpergewicht: 65 Kilo
Sternzeichen: Skorpion
Abschluss: *Realschule*
Berufswunsch: Musikerin, Fitnesstrainerin
Lieblingsmusik: Beyonce, Lena, Ed Sheeran, Harry Styles, Abba
Instrument: Schlagzeug, Saxophon
Glücksbringer: Goldene Halskette mit einem Feuerherz-Anhänger.
Eigenschaften: Unübersehbar, wandlungsfähig, humorvoll
Hobbies: Musik, Kosmetik, Sport und Fitness

STECKBRIEF

Name: Scarlett Arnold
Typ: Die Glamouröse
Alter: 16
Haarfarbe: brünette lange Haare, lila Strähnen
Augenfarbe: braun
Körpergröße: 1,67 m
Körpergewicht: 62 Kilo
Sternzeichen: Waage
Abschluss: *Realschule*
Berufswunsch: Musikerin, Standesbeamtin
Lieblingsmusik: Pink, Lady Gaga, Cher
Instrument: Keyboard, Ukulele
Glücksbringer: Goldene Halskette mit einem Feuerherz-Anhänger.
Eigenschaften: Stylisch, perfektionistisch, umtriebig, sensibel
Hobbies: Musik, Kosmetik, Reisen

GERMANY GIRLS
1. ALBUM *"Fireheart"*

1 Save me
2 Good Vibes
3 Fly with me
4 Fire Heart
5 She`s in love with you
6 More Flowers
7 Blues & Beat
8 Having a Party
9 Follow the Love
10 Sexy Girl
11 No Nobody
12 Music is my Love

Inhalt in der **Limitierten** *Fanbox:* 3 weitere
Songs, CD Digipack, 5 exklusive Fotokarten, 2 Auf-
kleber-Logo, 1 Holzperlen Handykette.
 Song-Zugaben:
1 Do not be fooled
2 Be my Lover
3 Whenever, Wherever

»Lass Dich nicht davon abbringen,
was Du unbedingt tun willst.
Wenn Inspiration und Liebe vorhanden sind,
kann es nicht schiefgehen.«

Soraya

♡